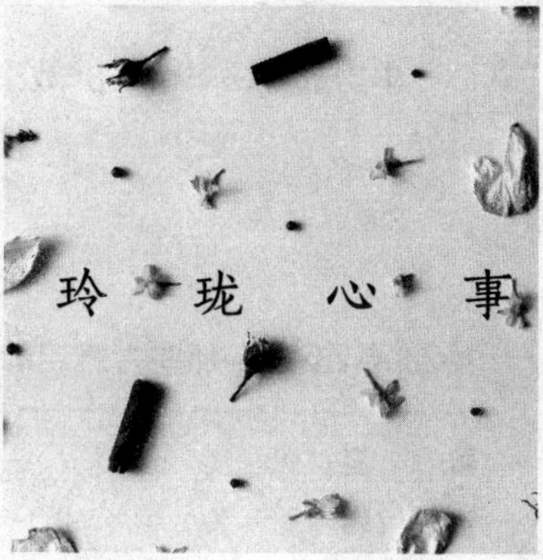

——那些古雅
温静的事物

张觅 著

北京工业大学出版社

图书在版编目（CIP）数据

玲珑心事：那些古雅温静的事物 / 张觅著．—北京：北京工业大学出版社，2017.4

ISBN 978-7-5639-5105-5

Ⅰ．①玲… Ⅱ．①张… Ⅲ．①古典诗歌－诗集－中国 Ⅳ．① I222.72

中国版本图书馆 CIP 数据核字（2016）第 320061 号

玲珑心事——那些古雅温静的事物

著　　者：张　觅
责任编辑：张　悦
封面设计：尚世视觉
出版发行：北京工业大学出版社
（北京市朝阳区平乐园 100 号　邮编：100124）
010-67391722（传真）　bgdcbs@sina.com
出 版 人：郝　勇
经销单位：全国各地新华书店
承印单位：九洲财鑫印刷有限公司
开　　本：710 毫米 × 960 毫米　　1/16
印　　张：16.75
字　　数：188 千字
版　　次：2017 年 4 月第 1 版
印　　次：2017 年 4 月第 1 次印刷
标准书号：ISBN 978-7-5639-5105-5
定　　价：30.00 元

序

我一直对那些古雅温静的物件充满兴趣，如步摇、流苏、花钿、玉佩等。每一个古雅温静的物件，都是中国古典女子一个旖旎温雅的梦境，都是一份光风霁月的情怀。

古典诗词中，随处可见这些物件的描述。如写步摇的“云鬓花颜金步摇”、写宝钗和翠翘的“头上鸳钗双翠翘”、写梳子的“水晶帘下看梳头”、写珍珠的“沧海月明珠有泪”、写镯子的“跳脱秋生腕底香”……所谓“朱寰银钗，胭脂珍珠。杏目靥靥，玉手轻抬”。

而在古典小说里，关于这些物件的描写也是俯仰皆是。古典小说的巅峰之作《红楼梦》里所写到的古典物件难以计数，如“金丝八宝攒珠髻”“朝阳五凤挂珠钗”“赤金盘螭璎珞圈”“金银项圈”、“玉簪子”“金玉戒指”“项圈”“长命锁”“红麝香珠”等，光华灿烂，令人惊叹不已。

我出去旅游的时候，都会去当地的博物馆，观摩那些精致得令人惊叹的古典物件。观之，仿佛有历史的沉香袅袅而至，能看上很久很久。就像三毛说的那样，看痴了，觉得它们在呼吸。

于是，我便有了想法，写一个系列的小随笔，来描述一件件在古诗词或者古典小说中经常出现的古雅温静的物件。那一个个古典物件，沉淀的是千百年来古代女子婉约静雅的玲珑心事与千回百转的缱绻情怀。书里除了古典物件，亦有写及在古典小说中经常出现的具有古典意味的事物，如碧纱橱、画屏、青花瓷，以及在古诗词中歌咏不断的花儿，如蔷薇、桂花、茉莉。这些事物，即使是在古典典籍中惊鸿一瞥也令人念念不忘，浸润的仍然是沉静温柔的心思。

我写了不少，亦在杂志上发表了一些。于是，就继续写了下去，逐渐又有了结集成书的想法。

于是，就有了这本小书，满蕴了古代女子月光般剔透的玲珑心事。

目　录

年纪方当笄岁

笄是古代汉族女子用以装饰发耳的一种簪子，用来插住绾起的头发，或插住帽子。少女头上插上一根式样简洁的素笄，便显清雅秀丽。

远古时期，人们就已经开始用笄来进行装饰了。河姆渡遗址和殷墟妇好墓都曾出土过骨笄，其中殷墟妇好墓出土了不少鸟形头笄，有的鸟头上刻羽毛状，有的在鸟头周缘刻曲线纹，已经颇有讲究。这鸟形头笄曾插在当年威风凛凛的王后兼女将军妇好的头上，陪她南征北战，那该是何等风姿！

自周代起，女子年过十五，如已许嫁，便要举行笄礼。笄礼作为女孩子的成人礼，像男子的冠礼一样，也是表示成人的一种仪式。

受笄即在行笄礼时改变幼年的发式，女子将头发巧妙绾成一个髻，用簪子轻轻插住，以示成年。行过笄礼之后，女子不仅要绾髻插笄，还要在发髻上缠缚一根五彩缨线，表示其身有所系。

行笄礼的服饰也很有讲究。行礼之前要穿采衣，采衣即行礼之前穿的童子服，梳好双鬟髻。初加发笄和罗帕、襦裙，再加发簪、曲裾深衣。三次加笄的服饰越来越华丽，象征着女孩成长的过程，如破茧成蝶一般光华璀璨，让人目眩神驰。

正因为此，汉族便把女子十五岁称为“及笄”，也称“笄年”“笄岁”等。宋代柳永《斗百花》词云：“满搦宫腰纤细，年纪方当笄岁。”

年少读书时，就觉得“及笄”是非常好听的词。古典小说常说那少女年当及笄，正是妙龄，其实就是说她刚刚成年，盈盈十五，正是最好的年龄，轻巧如一朵刚刚绽开的花儿一般。

有女初长成，深闺人未识。少女活泼伶俐，纯澈的眼和心，无忧无虑，仰头望去，天蓝如梦，云轻如棉，空气中满是花朵般的新鲜和甜蜜的气息。

待到举行笄礼时，十五岁的女孩子便用皎洁如玉的纤纤素手轻轻绾起一头青丝，显露出光洁的额头和明净的双眸。

从她用笄盘起头发的那一刻开始，她就不再是总角双鬟的小女孩了，而是初初长成的少女，郑重地迈入了人生的另一个阶段。虽然少女的面容上尚带着孩童的淘气与稚嫩，但是已经桃花吐艳，光芒初绽。

现代也有女孩子用一根发笄簪发。单手持着一根银色发笄，伸进一头乌黑润妍的长发中，巧手拨转，那一头长发就被盘成了一个圆圆的发髻，像一个美丽的花苞，然后再把发笄簪上，露出少女百合花一般洁净温柔的脸，古典气息袅袅。头发越长，越浓密，就越好盘发。

淡扫蛾眉簪一枝

簪是由笄发展而来的，是古人用来绾定发髻或冠的长针。虽然发钗的作用与发簪一样，都用来插发，但发簪作成一股，发钗则作成双股，它们的造型也有所区别。

在古代，女子的梳妆是一场盛事。“懒起画蛾眉，弄妆梳洗迟”，而发簪便是梳妆时最为倚重的饰品。

对着明镜，纤纤素手将长发松松绾起，再将那或华丽或清美的发簪簪上发髻，站起身来，长裙曳地，莲步轻移，女子的气质忽然间便有了微妙的变化，更加明艳妩媚，娇憨可人。

晋代《子夜歌》中有云:“宿昔不梳头，丝发被两肩。婉伸郎膝上，何处不可怜。”故意不梳头，缎子般光滑的乌丝就那样随意地披在肩上。低首蹙眉，乌发纷纷散落在你的膝上，这个样子，你到底疼惜不疼惜我呢？

这很明显是子夜在撒娇，如此娇憨可爱。婚前，互许爱意的男女，由女方将发簪送给意中人，若结为连理，再由丈夫将发簪奉还，为妻子结发系簪，以示真情，白头偕老。因此，子夜拔下发簪，乌云般润妍的秀发披了满肩，这个看似随意的动作，隐藏着对心爱的人全心全意的信任与爱。“若君为我赠玉簪，我便为君绾长发。洗尽铅华，从此以后，日暮天涯。”

发簪式样变化极多，常常用花鸟鱼虫、飞禽走兽作簪首形状。明人《天水冰山录》中关于发簪名就有“金桃花顶簪”“金梅花宝顶簪”“金菊花宝顶簪”“金宝石顶簪”“金厢倒垂莲簪”“金厢猫睛顶簪”“金崐点翠梅花簪”等名称。以动物为簪首的发簪，常见的有龙凤、麒麟、燕雀及游鱼等，其中以凤簪最多，制作也最为精致。

唐宋时期及以后各代是发簪流行的时期。唐代敦煌壁画中的众多妇女就是插满花簪的形象。后来那些发簪的名字，便越发如沉淀了金粉一般。银镀金嵌宝蝴蝶簪、翡翠凤发钗、珊瑚翡翠宝石琉璃蝴蝶型大凤簪、银鎏金模印花卉带陈永和双款大银簪、银花卉绞丝小发簪、银鎏金掐丝点翠花卉小簪、鎏金模印百花蔓草如意头大发簪……

发簪原本就不俗，即使是一支简洁的白玉簪子，往头上发中轻轻一簪，女子便平添了不俗的风情。如此繁复精致的打造，更让人怀想那繁华盛世。

我曾经在博物馆看到一款清代秋虫发簪，据介绍，其材料包括金、珐琅、琥珀、玉、珍珠、珊瑚，簪首的秋虫栩栩如生。当年将它插于发间的，必是一位尊贵的公主或贵妃吧？还有一根牡丹发簪，粉玉花瓣，珍珠花蕊或琥珀花蕊，铜片叶子，精致得让人一见难忘爱不释手。我还曾在网上看到过一支楼阁簪，令人惊叹不已，那簪上的楼阁全是金丝编制而成的，极其精巧细致。

古人真是巧夺天工，可惜如今手工制的东西，到底是不多了。

蜻蜓飞上玉搔头

汉代刘歆在《西京杂记》中记载：一天，汉武帝到李夫人宫中，谁想忽然头痒，于是便随手拔下了李夫人头上的玉簪搔头。从此，宫中嫔妃都把玉簪叫作“玉搔头”。汉代的簪本多为骨制，从那以后，便开始盛行用玉作簪，致使玉石增价百倍。

想那玉簪被轻轻拔下，李夫人乌亮的长发如瀑布般披满肩头，秋水明眸，青丝拂面，汉武帝不过是想搔头，却不晓竟能见到如此惊艳之景，当是一时怔忡吧。玉搔头因此又多了几分旖旎温软。

从此，“玉搔头”不仅仅是美人横鬓之物，更是君王耳鬓厮磨、恩宠正浓的象征。元代张雨便作了一首《东风第一枝 · 玉簪》：“蜻蜓飞上搔头，依前艳香未歇。”

唐代白居易的《长恨歌》里亦叹杨贵妃死后“花钿委地无人收，翠翘金雀玉搔头”。美人香消玉殒，零落了一地的华丽首饰，如花钿、翠翘、金雀钗、玉搔头等。想来这玉搔头戴在贵妃头上，也曾多次被唐明皇取下搔头吧。当年隆恩盛宠，最后却落得如此凄惨的结局，当真是“此恨绵绵无绝期”。

刘禹锡作过一首《和乐天春词》:“新妆宜面下朱楼，深锁春光一院愁。行到中庭数花朵，蜻蜓飞上玉搔头。”那美人装扮完毕，下得红楼来，却无人欣赏。眼见春光虚度，不由得愁眉紧锁，百无聊赖之下，只好娉娉婷婷地走到小庭中数花朵，美人花容让蜻蜓也忍不住驻足，飞上了她头上的玉搔头。她如花一般娇艳的青春也只有这飞上玉搔头的蜻蜓来欣赏珍惜了。

从宋代开始，女子的装扮开始由浓艳华丽转向清幽淡雅。宋代有极清淡的女子，缟衣素服，冰肌玉骨，只蛾眉浅扫，将乌黑秀发绾成一个髻，仅插一支梅花白玉簪，仿佛有几分袅袅仙气，令人见之忘俗。黄庭坚一见之下，却自难忘，写下了一首诗，诗云:“仙风道骨今谁有?淡扫蛾眉簪一枝。”

那宋代才子林逋一生未娶，梅妻鹤子，终身隐居在西湖的孤山之下，在幽幽暗香中度过了孤独的一生。直到后来有人盗墓，才发现他的墓中放着一枚小小的白色玉簪。那简素清雅的玉簪，也许就是他一生的眷念与温柔所在吧。

《红楼梦》中袭人想劝说宝玉收心念书，不要总和姐妹们厮混胡闹，于是故意不理他，冷言冷语。宝玉见袭人娇嗔满面，情不可禁，便从枕边随手拿起一根玉簪来，一跌两段，以示心真。

但后来宝玉却没有像袭人所期待的那样中举人后走上仕途，而是因黛玉之死而心灰意懒，飘然离去，不再羁绊在这尘世之中。那根小小的玉簪上的誓言，他也早已忘了。

宝钗何处不生尘

头钗在古时又称“玉燕”或“燕钗”。发钗是由两股簪子交叉组合成的一种首饰。

隋代发钗作双股形，有的一股长一股短，方便插戴。中晚唐以后，安插发髻的发钗钗首花饰简单，不像发簪那样有很多样式可供选择。

唐代著名诗人李白的《白头吟》中有:“头上玉燕钗，是妾嫁时物”;孟郊《悼亡》诗云:“泉下双龙无再期，金蚕玉燕空销化”;宋代毛滂《踏莎行》词中叶有“玉燕钗寒，藕丝袖冷”之句。

雀钗是诗词中提到的比较多的一种头钗，雀钗指的是雀形饰物的钗。《晋书·元帝纪》中有:“将拜贵人，有司请市雀钗，帝以烦费不许。”南朝梁何逊的《嘲刘谘议》诗有:“雀钗横晓鬓，蛾眉艳宿妆。”唐代李贺《贝宫夫人》诗有:“丁丁海女弄金环，雀钗翘揭双翅关。”

三国时，魏文帝迎娶民间女子薛灵芸。外夷番邦听说魏文帝新娶美妃，便派人送来火珠龙鸾钗作为贺礼，这火珠龙鸾钗白天看上去就像普通的龙凤金钗一样，但一到夜晚，它就光芒耀眼，也算得上稀世奇珍了。

曹丕本来是准备亲自把火珠龙鸾钗替薛灵芸插上发髻的，可一拿过沉甸甸的宝钗，便怕美人柔弱不能承此钗之重，说道：“明珠翠羽尚不胜，况乎龙鸾之重，如何消受得了。”因而命人收好火珠龙鸾钗，仅作观赏。可见曹丕对薛灵芸也真是怜惜至极了。

唐代王建诗中曾写“美人开池北堂下，拾得宝钗金未化。凤凰半在双股齐，钿花落处生黄泥……可知将来对夫婿，镜前学梳古时髻。”这首长诗，仿佛一个古典的电影场景一般。

诗中的这位美人偶然拾得一只古钗，显然是前人遗落在此的饰物。美人拭去泥土，但见那钿花依旧灿然生光，凤凰儿也栩栩如生。她拿着这钗对镜梳妆，想梳成一个古雅的发式。而后，将宝钗斜斜插上，更添一段缱绻风流。

梁范静妻沈氏曾写过一首《映水曲》：“轻鬓学浮云，双蛾拟初月。水澄正落钗，萍开理垂发。”宋代李清照的《点绛唇》中有：“露浓花瘦，薄汗轻衣透。见客人来，袜刬金钗溜。”这两首作品都是写发钗所赋予美人的万种风情。

宋代苏轼《洞仙歌》中有：“冰肌玉骨，自清凉无汗。水殿风来暗香满。绣帘开，一点明月窥人，人未寝，欹枕钗横鬓乱。”词中美人，旖旎无限。

冰肌玉骨的美人，风一吹来，满殿暗香浮动，疏帘淡月，人还未睡下，倚着枕头，却是钗也横了，鬓发也乱了，却别有一种慵懒妩媚的美。

清代才子纳兰容若思念妻子卢氏，在妻子死后，他写下不少悼念亡妻的辞章，其中有一篇《荷叶杯》：“帘卷落花如雪，烟月，谁在小红亭？玉钗敲竹乍闻声，风影略分明。化作彩云飞去，何处？不隔枕函边。一声将息晓寒天，断肠又今年。”

烟月、红亭、玉人，咫尺天涯的悲伤与思念。她拔下发间的玉钗轻敲竹子的清脆声响，至今在他的耳畔回响。

在清代《红楼梦》的射覆游戏中，香菱就曾笑道：“前日我读岑嘉州五言律，现有一句说‘此乡多宝玉’，怎么你倒忘了？后来又读李义山七言绝句，又有一句‘宝钗无日不生尘’，我还笑说他两人名字都原来在唐诗上呢。”可见钗入诗之多了。

钗也有很多浪漫旖旎的品种，如蝴蝶钗、碧玉瓒凤钗、梅花琉璃钗、八宝翡翠菊钗、珍珠钗、蜜花色水晶发钗、金丝八宝攒珠钗、镂空兰花珠钗、朝阳五凤挂珠钗、缠枝钗、三翅莺羽珠钗、镂空雕花水晶钗、双凤纹鎏金银钗、累丝珠钗、宝蓝点翠珠钗等。

各式各样的钗的名字都不禁让人对惊艳千年的中国女子的发饰怀想不已。

步步摇曳生姿

步摇是一个极生动的名字，取其行步则摇动而得名。带有垂珠的发簪，随着窈窕美人的莲步悄移而轻轻摇动，有清脆的珠动玉击之声袅袅在空气中漫开。

步摇起源于先秦时期，最初在汉代流行，是在簪钗的基础上发展而来的。汉代步摇的造型还比较朴素，一般是用金银丝编为花枝，缀以五彩珠玉，垂着流苏和坠子，可以随着步履而摇动。

平阳公主府里，卫子夫轻歌曼舞，一头如瀑长发晃了少年天子刘彻的眼。他微笑俯下身，亲手插了一支步摇在她的青丝之上。史载："上见其发美，悦之，纳入宫中。"从此，卫子夫入主未央宫，成为汉武帝的皇后，陪在他身边三十八年。

到了六朝以后，步摇的花式愈加繁复，有的步摇底座上装有轻逸花枝，花枝上缀有花叶，伏着有雕得极为精巧的蝴蝶、蜻蜓或娇小鸟兽等。低垂鬓发，斜插步摇，那些金饰会随着步摇的摆动而轻轻颤动，便有栩栩如生之感。

待女子缓缓行到庭院之中，日光照在步摇上面，光芒璀璨，闪闪烁烁，再映上女子如花的容颜，那是笔墨所无法形容的绰约风姿。

到了大唐，特别是贞观至开元近百年间的盛唐时期，那些步摇的金饰更是精致得无以复加。珍珠碧玉步摇、蝴蝶步摇、镂空飞凤金步摇、红翡滴珠凤头金步摇、金累丝红宝石步摇、金海棠珠花步摇、双凤衔珠金翅步摇……每一个步摇的名字，都是一个中国古典女子旖旎的梦境，恍若从花间词中款款走出，如沉香般散发着让人沉醉的气息。

唐代白居易的《长恨歌》中写杨贵妃："云鬓花颜金步摇，芙蓉帐暖度春宵。"想那大唐盛世，牡丹一般华贵的美人，乌发如云，缀着步摇，轻移莲步，步摇在她头上轻轻晃动，光芒耀眼，照亮了唐明皇的眼，也照亮了整个大唐的天空。

而步摇不仅可以高贵得倾国倾城，也可以灵秀得小家碧玉。晚唐张泌在浣花溪边见到一少女，不由得暗生情愫。那小溪旁的俏丽少女，眼如秋水，发若绿云，而那发髻上并无过多饰物，只有一枚金蜻蜓在风中袅娜，更觉娇憨可爱。后来，他写了一首《江城子》："浣花溪上见卿卿，眼波明，黛眉轻。绿云高绾，金簇小蜻蜓。好是问他来得么，和笑道，莫多情。"

到了宋代，步摇多了几分精致婉约。谢逸《蝶恋花》词："拢鬓步摇青玉碾，缺样花枝，叶叶蜂儿颤。"

唐宋之后步摇形制变化多端，除金质外还出现了玉石、珊瑚、琉璃、琥珀、松石、晶石等珍贵材料制作的步摇。

明代的步摇则更加精巧细致，比如博物馆中曾展出过的四蝶银步摇，便是在银钗上有四只仿佛马上要振翅而飞的蝴蝶，下有珠玉垂挂着，让人一下想起杜牧笔下的那句“娉娉袅袅十三余，豆蔻梢头二月初”。若没有这步摇，如何显得出那娉娉婷婷的袅娜之态呢?

清代《红楼梦》中描写黛玉，说“黛玉已经摇摇地走了进来”。这个“摇摇地”用得真好，有一种风中芙蕖的袅娜之感。娴静时如闲花照水，行动时如弱柳扶风。黛玉弱质纤纤，而步摇在她头上，随着她的步履而摇摇曳曳，翩然若飞。

头上鸳钗双翠翘

“开卷得宝钗，浓墨锁翠翘。”翠翘是古代女子首饰的一种，其状似翠鸟尾上的长羽，因此叫作“翠翘”。来自自然界鸟羽的光华，凝聚在这小巧的首饰上，平添了女性的艳美明丽。

白居易的《长恨歌》中写道:“花钿委地无人收，翠翘金雀玉搔头。”那倾城倾国的美人杨妃头上所佩戴的珍贵首饰，零落了一地。而其中就有翠翘，可见翠翘在唐代就是贵妇们青睐的首饰了。

在柔靡婉丽的晚唐花间词里，在婉约富丽的宋词里，翠翘则出现得更多。唐代温庭筠的一首词作《菩萨蛮》，起笔便是翠翘:“翠翘金缕双鸂鶒，水纹细起春池碧。池上海棠梨，雨晴红满枝。”此外还有唐代韦应物的《长安道》:“丽人绮阁情飘飖，头上鸳钗双翠翘。”

顾夐的《虞美人》最是旖旎不过:“晓莺啼破相思梦，帘卷金泥凤。宿妆犹在酒初醒，翠翘慵整倚云屏，转娉婷。”佳人浓睡初醒，酒意未消，云髻风鬟，乌发散乱，尚还插着玲珑翠翘，更觉娉婷妩媚。

宋代的蔡伸似乎特别喜欢翠翘，他有几首词都写到了这一饰物。他的《一剪梅》中有："堆枕乌云堕翠翘。午梦惊回，满眼春娇。嬛嬛一袅楚宫腰。"美人的乌发如云一般铺撒在枕上，发上的翠翘也已经坠落。

他的《菩萨蛮》中亦有："暖香堆锦红，翠翘金钿雀。蝉鬓慵疏掠，心事一春闲，黛眉颦远山。"说不尽的温软旖旎，着其气息即醉。

宋代周邦彦的《忆秦娥 · 佳人》词中也是把如玉佳人和翠翘金凤联系起来："人如玉，翠翘金凤，内家妆束。"

赵彦端的《鹧鸪天》："醉拈花枝舞翠翘，十分春色赋妖娆。千金笑里争檀板，一搦纤围间舞腰。行也媚，坐也娇，乍离银阙下青霄。檀郎若问芳笄记，二月和风弄柳条。"酡红醉颜，乌发旁插着翠翘，平添了几分艳丽，而手中斜斜拈着一枝花枝，笑生双颊，妖娆多姿，春色无边，抢得了檀板，便曼声清歌，边歌边舞，身姿曼妙，或行或坐，姿态娇媚无比。

纳兰容若的《减字木兰花》中有："相逢不语，一朵芙蓉著秋雨。小晕红潮，斜溜鬟心只凤翘。待将低唤，直为凝情恐人见。欲诉幽怀，转过回阑叩玉钗。"词中写的美人是容若的表妹，也是他的初恋情人。而表妹进宫之后，他们永无可能。偶尔的邂逅，他看见她乌发间簪着一只翠翘，她脉脉含情却不能言，转过回廊之时，悄悄取下发间的一只玉钗，轻轻叩着回栏。

纳兰另一首《虞美人》则写道："银床淅沥青梧老，屧粉秋蛩扫。

采香行处蹙连钱，拾得翠翘何恨不能言。回廊一寸相思地，落月成孤倚。背灯和月就花阴，已是十年踪迹十年心。”这首词是对逝去爱情的真挚怀念。

他偶然拾得那只曾经在佳人发间闪耀的翠翘，万般滋味浮上心头。一回头却已经是百年身，相思地仍在，然而只剩回廊落月，花阴郁郁，但佳人已不知何处去，只能把那柔情小心地珍藏在这墨痕之中。

晓镜但愁云鬓改

在古代，铜镜就是古代用铜做的镜子。上古的镜的名字叫鉴。《说文》中说："鉴可取水于明月，因见其可以照行，故用以为镜。"在三代之初，鉴都是用瓦制成的，所以古代的鉴字是没有金字旁的。

商代初年，开始铸造铜镜，后来鉴字也有了金字偏旁。商周时期虽然有铜鉴，但是瓦鉴依然通行，有的人家也以水作鉴。到了秦朝，铜镜才开始流行，再不用水作鉴了。

秦汉以后，镜的使用更加广泛，镜的制作也更加精良。它的材料包括金、银、铜、铁等，以铜最为多，也有镀金银的、背面包金银的，或镶嵌金银丝的。

中国国家博物馆有一面花瓣纹金银平脱铜镜。查阅资料后得知，金银平脱镜被称为"特种工艺镜"，是将金银饰片用胶漆贴在镜背，其上再髹漆数重，晾干后细加研磨，使金银片组成各种纹饰，既与漆面平齐，又各自显露出来。因金银具有鲜明的色泽，所以整个铜镜的纹饰银光闪闪，金光熠熠。

汉代最流行的铜镜有蟠螭纹镜、蟠虺纹镜、章草纹镜、星云镜、云雷连弧纹镜、鸟兽纹规矩镜、画像镜、龙虎纹镜、日光连弧镜等。

汉镜的制作极为精巧，且多有嵌镶珠宝的。汉镜都有铭文，其铭文都是吉祥语句，如家势富昌、宜子孙、大富贵、大吉祥等。

隋唐的铜镜较前代又有了新的发展。在铜质的合金中加大了锡的成分，铜镜的质地上就显得更为银亮圆润了。在铜镜的造型上，除了继续沿用前代的圆形、方形之外，又创造了菱花式及较厚的鸟兽葡萄纹镜。

这时，关于镜子的诗词也极多，镜子自然是和梳妆的美人联系在一起的。如王维的《扶南曲五首》:“朝日照绮窗，佳人坐临镜。散黛恨犹轻，插钗嫌未正。同心勿遽游，幸得春妆竟。”杜荀鹤的《春宫怨》:“早被婵娟误，欲妆临镜慵。承恩不在貌，教妾若为容。风暖鸟声碎，日高花影重。年年越溪女，相忆采芙蓉。”李商隐的《无题》:“晓镜但愁云鬓改，夜吟应觉月光寒。”

我最爱温庭筠的《菩萨蛮》中的“照花前后镜，花面交相映”。美人揽镜自照，簪花微笑，眸光流盼，真可谓仪态万千。

唐代时制有透光镜，镜背的字迎着太阳或灯光时都可以明显地映射于墙壁之上。隋唐以来，还有带柄的、四方的镜子，各种花纹应有尽有。著名的“破镜重圆”的故事中，乐昌公主与徐德才手中的半块圆镜，应该就是带柄的精致小圆镜子。

宋代李清照在《丑奴儿》一词中写道:“晚来一阵风兼雨，洗尽炎光。理罢笙簧，却对菱花淡淡妆。”宋代的镜子自然更为精致。在这一首小词里，充满了脉脉温情。

向晚轻雨，暑热之气为之顿消。女子一支筝曲才罢，又在菱花镜前轻施淡妆。对镜卸去重纱，只着薄如蝉翼的轻衫，冰肌玉肤若隐若现。她皓腕凝脂，幽香浮动，微笑着对那心上人说道：今晚的枕簟一定很凉爽。古铜镜背后常刻有菱花图案，故以“菱花”作为镜子的代称。纳兰容若的《清平乐》结尾写道“莲子依然隐雾，菱花暗惜横波”，这里的“菱花”也指铜镜。

直到明代末期，开始有以玻璃为镜子的。清代乾隆以后，玻璃镜子开始大兴于民间。

跳脱秋生腕底香

玉镯给人的感觉总是那样晶莹滋润，深邃精美，却又灵秀温润，含蓄温静，戴在腕上，如一缕盈盈的月光。

时光追溯到古代，那古典仕女玉肌雪肤，神情温静，或是赏花望月，或是卷帘笑语，或是弹琴吹箫，或是吟诗作词，皓腕上总是离不了一枚莹润的玉镯，那玉镯如同荷叶上碧色晶莹的露珠，给美人平添无尽的妩媚与柔情。

无论是怎样普通的女子，只要将一枚玉镯戴在手上，气质便立刻变得不一样了，心境也跟着宁静温柔得如同一泓微澜的湖水。

而秉性温婉的女子，手腕上戴着一枚柔润玉镯，玉镯映着美人的俏脸，举手投足间便更加浸润了东方女子的婉约气质。若是翡翠玉镯，汪汪一碧，则愈发透着清亮的灵气。

玉镯在古代有很多称谓，“跳脱”就是其中一种。听着便有一种轻灵的感觉。皓腕凝霜雪，挽着一枚晶莹玉镯。

《红楼梦》中薛宝钗曾作有一首《画菊》，其中有句：“淡浓神会风前影，跳脱秋生腕底香”。笔尖蕴墨临霜而写，墨分五彩，浓浓淡淡，菊花跃然纸上，栩栩如生，而腕上的一枚玉镯玲珑剔透，仿佛浸润了画中菊花的清香。如此冰肌玉骨，腕底生香，是文字难以描写的旖旎温柔。

玉镯也是青年男女定情之物。魏晋时期的《定情诗》中有云：“何以致契阔，绕腕双跳脱。”是什么让我们生死相依、永不分离？是戴于腕上的这一对温润而又晶莹的手镯吗？手上一盈玉镯，凝着的，是三生三世的爱与恨。

在金庸小说《白马啸西风》中，玉镯则见证了一对少年男女最初的心动。在大漠中，汉族少女李文秀想救下哈萨克少年苏普手中的天铃鸟，少年本是不肯，但在月光之下，他见少女左腕上套着一只玉镯，发出晶莹柔和的光芒，随口便道：“除非你把这个给我。”李文秀本来很是舍不得，但看了那天铃鸟可怜的样子，终于把玉镯褪了下来，递了给他。苏普于是将天铃鸟递给了她。

从此，李文秀开始了对苏普长久而静默的暗恋。她的暗恋很美，很忧伤，如那月光下散发着淡淡柔和光芒的晶莹玉镯。

玉镯曾是少女美丽的心动，微妙的情愫，是她一生中最初爱情的开始。但玉镯的主人不会永远年轻。少女总是要长大的，然后会嫁人。嫁人之时，红盖头掩住了新娘清秀的脸庞，而手腕上一枚莹润月光一般的玉镯子，则让人们悄悄揣测新娘子的无限风情。

玉镯随女子一起出嫁，然后伴随她后来长长久久的一生。女子由豆蔻少女到温静少妇，再到芳华尽逝的老妪，那玉镯陪她见证了这人世间的美丽和哀愁、快乐和忧伤，玉镯沉淀了那么多的岁月与故事，越发温润清凉。

张爱玲在小说《金锁记》中就曾经用一只玉镯来丈量曹七巧的一生。在曹七巧的暮年，她摸索着腕上的翠玉镯子，徐徐将那镯子顺着骨瘦如柴的手臂往上推，一直推到腋下时，她自己也不能相信她年轻的时候曾有过滚圆的胳膊。

很久以前，那翠玉镯子曾在少女曹七巧丰润的胳膊上温润着。而小说末尾，那镯子已经无法在变成乖戾老太婆的曹七巧手腕上稳当当地套住了。

岁月荏苒，物是人非，而翠玉镯子依然如斯晶润。玉镯见证了她一生的悲欢离合。

温其如玉

中国古代尚玉，在形容美好而有德行的人时也多用玉来类比。

自古君子佩玉，儒家有“君子比德于玉”，孔子认为“玉有德”，《诗经·卫风·淇奥》有云：“有匪君子，如金如锡，如圭如璧。”说的便是“君子如玉”。《世说新语》说嵇康：“嵇叔夜之为人也，岩岩若孤松之独立；其醉也，傀俄若玉山之将崩。”以后就有了典故“玉山倾倒”或者“玉山倾颓”。

汉朝时，玉归为五德：仁、义、智、勇、洁。玉象征伦理道德观念中高尚的品德。到了周朝，《周礼》则正式将玉璜、玉琮、玉璧、玉圭、玉璋、玉琥定为“六器礼天地四方”。当时还有这样的说法：“君子无故，玉不去身。”

而玉的确是有养生功效的。据《本草纲目》介绍，玉具有清音哑，止烦渴，定虚喘，安神明，滋养五脏六腑的作用，是具有清纯之气的良药，可避秽浊之病气。

玉握在手中，坚硬却温润，高贵又纯净。古人喜欢这种温润的感觉，喜欢那不露锋芒的内敛沉静，正如儒家的观念便是过犹不及，中庸之道，只发出淡淡的光晕便足矣。

儒家认为，身为谦谦君子，应当时时以玉之“触手温润、光华内敛”自省，待人和煦，举止从容。

那时女子梦想中的爱人便是如玉一般的君子。《诗经·秦风·小戎》里有“言念君子，温其如玉”。后来，金庸将这句稍做变化，用在了《书剑恩仇录》中。乾隆赠给陈家洛的玉佩上雕琢了十六个字：“慧极必伤，情深不寿。谦谦君子，温润如玉。”

形容美人也有用玉来形容。《诗经·魏风·汾沮洳》中的“彼其之子，美如玉。美如玉，殊异乎公族”。《诗经·召南·野有死麇》中的“白茅纯束，有女如玉”则是说的“美人如玉”。

那美人也是沉静的，静得像一块美玉，经得起时光雕琢的美玉。就算有小小的狡诈顽皮，也是藏在温润如水的面容下面，波澜不惊，端庄守礼，有着大家闺秀的风度。

龚自珍的《夜坐二首》诗中有“功高拜将成仙外，才尽回肠荡气中。万一禅关砉然破，美人如玉剑如虹”。美人如玉剑如虹，是多少江湖豪侠的梦想，身边有倾心的美人，手上有绝世的宝剑。而一对容貌、人品皆出众的夫妻往往也被喻为“一双璧人”。

玉的表面温润有光泽，就像有生命一样，充满灵性。《天龙八部》

中，段誉则钟情于大理无量山山洞中“神仙姐姐”的玉雕：“这玉像与生人一般大小，身上一件淡黄色绸衫微微颤动；更奇的是，一对眸子莹然有光，神采飞扬……这玉像所以似极了活人，主因当在眼光灵动之故。”

这都是因为玉的温润柔和，光芒内敛让玉雕冶艳灵动，有了宛若真人的灵性。

青青子佩

古代无论男女，都是佩戴首饰的。中国人一向有佩玉的习惯，历代的玉佩形制如玉璜、玉珑等，在其上都钻有小圆孔，以便于穿过线绳将玉佩系在衣服上。

那先秦的《诗经》中亦低低地吟唱着："青青子佩，悠悠我心。但为君故，沉吟至今。"

古语有"君子无故，玉不去身"。《周礼·玉藻》："古之君子必佩玉。"佩戴在身上的有环、玦、璧、珰、璜等物，这些佩挂或悬于颈，或系于腰，是古人重要的装饰。

长孙无忌诗中有"玉佩金钿随步动，云罗雾縠逐风轻"。辛弃疾的《沁园春》中有："有美人兮，玉佩琼琚。"沈约的《俊雅》："珩佩流响，缨绂有容。"孔尚任的《桃花扇》中有："何处瑶天笙弄，听云鹤缥缈，玉佩丁冬。"玉佩不仅悦目，而且悦耳，并且越来越趋于精美讲究。

品级高的官员会佩带一个组合的玉佩，组佩又名"杂佩"。大型结构匹配繁复的组佩是贵族们表示身份地位及权势的服饰，身份地位越高者，其所佩组佩的结构越复杂、长度越长。

这玉佩组合也叫禁步，佩戴玉佩行步之时，发出的声音缓急有度，轻重得当。如果节奏杂乱，则会被认为是失礼。

诗句与意境最为优美的可谓是《诗经·郑风·有女同车》:“有女同车，颜如舜华。将翱将翔，佩玉琼琚。彼美孟姜，洵美且都。有女同行，颜如舜英。将翱将翔，佩玉将将。彼美孟姜，德音不忘。”

女子腰间的玉佩应该是淡色系的绿色玉佩，多为翡翠的，秀气又精致。淡色系玉佩，素净服装，衬着一张木槿花一般美丽的面庞，该是如何叫人心醉神迷、心旌摇曳啊!

古时常有男方将贴身佩戴的玉佩作为定情信物送给女方，以此表达陪伴之意，以解相思之情。所谓“何以结恩情？美玉缀罗缨”。

清代的陶孚尹写过一首《水仙花》:“泮兰沅芷若为邻，淡荡疑生罗袜尘。昨夜月明川上立，不知解佩赠何人？”水仙与泮兰沅芷这些香草为邻，如同罗袜生尘的凌波仙子。在夜晚的明月之下，于水边亭亭而立，是在想着把玉佩相赠给谁?

《红楼梦》第六十四回中，“贾琏一面接了茶吃茶，一面暗将自己带的一个汉玉九龙佩解了下来，拴在手绢上，趁丫鬟回头时，仍撂了过去，尤二姐悄悄接了这块玉佩，接受了贾琏”。

《红楼梦》第二十九回又写宝玉和黛玉怄气，宝玉将颈上的通灵宝玉一把拽下又摔又砸，惹得黛玉大哭，袭人劝宝玉“你不看别的，你看看这玉上穿的穗子，也不给同林姑娘拌嘴的”。一句话又让黛玉伤心不已，顾不得病抢过玉来，用剪子将自己给宝玉结的穗子剪成好几段。书中有道“不是冤家不聚头……人居两地，情发一心”。

其实林妹妹的一番情深，宝玉怎么会不知道？而这里，贾琏与尤二姐是情欲之爱，而宝玉和黛玉是灵魂之爱。

帘幕烟寒翡翠来

第一次看到朱自清先生的《绿》时，我简直被迷住了:“这平铺着，厚积着的绿，着实可爱。她松松的皱缬着，像少妇拖着的裙幅；她轻轻的摆弄着，像跳动的初恋的处女的心；她滑滑的明亮着，像涂了‘明油’一般，有鸡蛋清那样软，那样嫩，令人想着所曾触过的最嫩的皮肤；她又不杂些儿法滓，宛然一块温润的碧玉，只清清的一色……”

朱自清笔下的女儿绿便如中国女子对翡翠的情结一般。那样柔和而温润的绿意，并不像钻石、珍珠那样光华流转，而是含蓄清雅，温柔宁静，仿佛便是中国古典女子气质和魅力的象征。

翡翠是一种硬玉，但比起其他种类的玉，翡翠尤其受到诗人和词人的青睐。那么多诗词中，翡翠一直在闪烁着绿意盈盈的微光。

不过最早的时候，翡翠指的是一种小鸟，这种鸟羽毛非常鲜艳，雄性的羽毛呈红色，名翡鸟，雌性羽毛呈绿色，名翠鸟，合称翡翠。唐代的齐己写过一首以“翡翠”为题的诗:“水边飞去青难辨，竹里归来色一般。”那汪汪一碧的翡翠像水一样碧绿，像竹叶一样青翠，兼有了水的柔情与竹的清新。

翡翠更多的是和优雅裕静的贵族生活联系在一起，和旖旎温柔的红颜女子联系在一起。如冯延巳的“池塘水冷鸳鸯起，帘幕烟寒翡翠来”；李益的“鸳鸯绿浦上，翡翠锦屏中”；蔡松年的“胭脂雪瘦薰沉水，翡翠盘高走夜光”；李白的“翡翠黄金缕，绣成歌舞衣”；王绩的“翡翠明珠帐，鸳鸯白玉堂。清晨宝鼎食，闲夜郁金香”。唐彦谦也有一首以“翡翠”为题的诗：“莎草江汀漫晚潮，翠华香扑水光遥。玉楼春暖笙歌夜，妆点花钿上舞翘。”

北宋欧阳修的《归田录》卷二载：“余（欧阳修）家有一玉罂，形制甚古而精巧，始得之梅圣俞，以为碧玉。在颍州时，尝以示僚属。坐有兵马钤辖邓保吉者，真宗朝老内臣也，识之，曰：此宝器也，谓之翡翠。”这里“翡翠”便指的是绿色玉石。

据一些专家考证，明朝时，缅甸玉传入中国后就冠以“翡翠”之名。直到清朝，“翡翠”才明确作为专指缅甸“翠绿色硬玉”的玉石专用名。

清代慈禧太后对翡翠饰品尤其钟爱，更把品质好的翡翠尊称“皇家玉”。她有一串翡翠手串，是由十八颗翠珠、两颗碧玺珠穿成，与碧玺佛头相连，下穿钻石、红宝石、珍珠、结牌等装饰物。慈禧还有一对翡翠西瓜，据说瓜皮绿意莹莹，还带着墨绿的条纹，瓜里的瓜籽、瓜瓤还隐约可见。

耳系明月珰

耳饰是古代贵族女子必不可少的饰品。两只耳饰挂在脸颊边灿烂耀目，摇曳生姿，可能不经意间便晃了谁的心。

中国古代的耳饰有玦、瑱等，发展到汉魏时期便以耳珰为主。耳珰中以玉石和琉璃质居多，佩戴方式以簪珥为主。

那时的诗歌中，一再提到"明珰""明月珰"，比如汉末王粲的《七释》中有"珥照夜之双珰"，汉末刘祯的《鲁都赋》有"插曜日之珍笄，珥明月之珠珰"，曹植的《洛神赋》"无微情以效爱兮，献江南之明珰"，晋初傅玄《有女篇·艳歌行》中有"头安金步摇，耳系明月珰"等。在汉乐府《孔雀东南飞》写刘兰芝："腰若流纨素，耳著明月珰"，果然光华四射，"精妙世无双"。

后来到了汉代又有了"明月珠"的说法，比"明月珰"更为玲珑剔透。汉乐府诗《陌上桑》中有这样一句"头上倭堕髻，耳中明月珠"。以此来形容罗敷的美貌。

辛延年的《羽林郎》诗则这样描述胡姬："头上蓝田玉，耳后大秦珠”，只觉光耀照人。秦珠指的是秦地出产的珠饰。后来清代唐孙华的《偕同年吴元朗游西泾次友人韵》也有:“垂耳乏秦珠，见面哂燕玉。”

耳珰在唐宋时期也颇为流行。宋代词人李彭老的《四字令》便是写的贵族女子夏日里乘凉的种种逸事，流萤点点，疏帘淡月，那乘凉的女子耳上摇曳着一对素珰:“罗纨素珰，冰壶露床，月移花影西厢，数流萤过墙。”

作为贵族女子的贴身饰品，明珰或明珠也被当成爱情的信物，“无微情以效爱兮，献江南之明珰”，女子将耳上的一对灼灼光华褪下，赠予心上人，便如交付了一颗晶莹柔婉的女儿心。汉末繁钦的《定情诗》中就有“何以致区区？耳中双明珠”。

明代的唐寅在《招仙曲》一诗中写道:“郁金步摇银约指，明月垂珰交龙椅。”觉得唐寅真是浪漫极了。在他笔下，女子把明月之光都戴在耳下，轻轻摆头，光华流动，霎时便可笼罩了一室的光芒。女子之美，可以傲视寰宇。

耳饰发展到后世又有了耳坠、耳环、耳钳。故宫博物院曾经展出过东珠耳环，耳环为黄金托，每只嵌有三颗东珠。

清代后妃戴的耳环是有等级的，皇后要戴镶有三颗东珠的耳饰，妃嫔戴一对珍珠，平时随意。满族女孩儿出生后，一耳穿三孔，戴三钳，称为“一耳三钳”。清代宫廷后妃及民间女皆此装束。

明清时还出现了耳钉。李渔在《闲情偶寄》首饰一篇中说道:“饰耳之环，愈小愈佳，或珠一粒，或金银一点，此家常佩戴之物，俗名丁香，肖其形也。”李渔认为耳环越小越好，即使搭配盛装艳服，但也“勿过丁香之一倍二倍”。

这里的“丁香”是明清时一种小型金属耳钉，也可于钉头镶嵌珠玉装饰。丁香不似耳环、耳坠般可以随风晃动，而是固定于耳垂之上，小巧轻便，质地以金银居多，富人家嵌有珠玉，贫人家则以铜锡为之。

在《红楼梦》第六十三回《寿怡红群芳开夜宴 死金丹独艳理亲丧》中，宝玉和众女儿饮酒作乐。当时小戏子芳官满口嚷热，只穿着一件玉色红青酡绒三色缎子斗的水田小夹袄，束着一条柳绿汗巾，底下水红撒花夹裤，也散着裤腿。头上眉额编着一圈小辫，总归至顶心，结一根鹅卵粗细的总辫，拖在脑后。右耳眼内只塞着米粒大小的一个小玉塞子，左耳上单带着一个白果大小的硬红镶金大坠子，越显得面如满月犹白，眼如秋水还清。

那大观园中小少女的一星耳塞，一枚耳坠，便成了那个叫曹雪芹的才子心中的温柔念想。很久很久以后，化作了他笔下如画一般旖旎的文字。

项上金璎珞

古诗词中，好像没有直接描写项链的。查询资料发现，项链这一说法似乎出现在民国，在民国时期的书刊中才见这种提法。看来项链二字是由西方传过来的。但实际上，中国古人很早就佩带项链了。

人们曾经在北京周口店山顶洞人的遗址中发现了大量的骨制、石制、贝壳制的装饰品一百多件，其石、骨、贝料经过打磨、钻孔、上色，串制成胸饰、腕饰，是目前为止发现的人类最早的首饰。

考古学家贾兰坡先生对山顶洞人遗址中的石骨串饰曾做过这样的描述：“装饰品中有钻孔的小砾石、钻孔的石珠、刻沟的骨管、穿孔的海蚶壳和钻孔的青鱼眼上骨等。所有的装饰品都相当精致，小砾石的装饰品是用微绿色火成岩从两面对钻而成的，选择的砾石很周正，颇像现代妇女胸前佩戴的鸡心；小石珠是用白色的小石灰石岩块磨成的，中间钻有小孔；穿孔的牙齿是从齿根的两侧对挖穿通齿腔而成。所有装饰品的穿孔几乎都是红色，好像他们的穿带都用赤铁矿染过。”

后来，这些风格粗犷的项链渐渐变得柔和精致起来，变成了女性常用的饰品。

项圈在古典小说里似乎不少见。《封神演义》中哪吒出场，其颈上便戴着一个明晃晃的项圈。在年画里也能见到玉雪可爱的小娃儿，穿着红色小肚兜儿，戴着小项圈，萌萌的招人爱。

璎珞是古代用珠玉串成的装饰品，多用为颈饰。璎珞原为古代印度佛像颈间的一种装饰，后来随着佛教一起传入我国。唐代时，被爱美的女性所模仿和改进，变成了项饰，延续至明清时代仍为人们所喜爱。

《红楼梦》第三回，宝玉初出场时“项上”便系着“金螭璎珞”，“一时回来，再看，已换了冠带”，“仍旧带着项圈、宝玉、寄名锁、护身符”。

而这一回里凤姐初次登场，“头上戴着金丝八宝攒珠髻，绾着朝阳五凤挂珠钗，项上带着赤金盘螭璎珞圈”。

到了《红楼梦》第八回里，宝玉硬缠着宝钗，一定要看她挂在颈项上的金锁，宝钗被他缠不过，因说道：“也是个人给了两句吉利话儿，錾上了，所以天天带着；不然沉甸甸的，有什么趣儿？”一面说，一面解了排扣，从里面大红袄儿上将那珠宝晶莹、黄金灿灿的璎珞摘了下来。这里“珠宝晶莹”的璎珞，也可以看作系缀金锁的项链。

金庸的小说《神雕侠侣》中，写郭芙的出场：“她身穿淡绿罗衣，颈中挂着一串明珠，脸色白嫩无比，犹如奶油一般，似乎要滴出水来，双目流动，秀眉纤长。”虽然是个小小女孩儿，可是已经有了惊人的美貌。

后来郭襄出场之后，也是“少女颈中挂着一串明珠，每粒珠子都是一般的小指头大小，发出淡淡光晕”。郭襄的容颜似乎不如姐姐惊艳，但是明慧潇洒。明珠项链映衬的不仅仅是少女的美丽，还有她的家世与身份。

三毛在《我的宝贝》里，写第一次出国时母亲给她的一条细细的金链子。三毛虽然爱那些粗犷的饰品，但是也深深爱着那条细细的链子。那是母亲对她深深的惦念。

法国短篇小说家莫泊桑在《项链》一文里，写出了那爱慕虚荣的女子因为一串华贵的钻石项链而惊艳全场，最终却付出了十年青春。

经年之后，再读这篇文章，却读出了些许的暖意。其实她也是幸福的，那深爱着她的小公务员丈夫想尽办法要叫她开心。而当她闯祸之后，丈夫并没有责怪她，而是心甘情愿地和她一起劳作付出十年宝贵的青春。他对她的爱情，实在是比那钻石项链，还要珍贵得多。

长命缕与长命锁

长命锁也叫“寄名锁”，是系于小儿颈部的饰物。但最开始，小儿并不佩戴长命锁，而是佩戴长命缕。

关于佩戴长命缕的习俗，最早可追溯到汉代。《荆楚岁时记》《风俗通》《岁时广记》以及《留青日札》等书都有记载。

在汉代，每逢五月初五端午节，家家户户都在门楣上悬挂上五色丝绳，以避不祥。

到了魏晋南北朝时，这种五色丝绳渐渐成为妇女和儿童的一种臂饰。不仅用于端午，还用于夏至。人们用五色彩丝编成绳索，缠绕于手臂之上，以祈求辟邪去灾，祛病延年。

到了宋代，这种风俗仍然存在，不仅流行在民间，还传入了宫廷，除妇女儿童之外，男子也可佩之。

每到端午节前，皇帝还在长春殿亲自将长命缕赏赐给近臣百官，以便他们在节日佩戴。宋代称这种五彩丝绳编结物为“珠儿结”“彩线结”，除丝绳、彩线外，还穿有珍珠等物。

到了明代，风俗变迁，成年男女使用者日渐减少，这种长命缕通常用于儿童，并成为一种儿童颈饰，一般多用于小儿满周岁时。长命缕进一步发展，就成了长命锁。

长命锁一般多用金银宝玉，其造型多被做成锁状，在锁上錾有“长命富贵”“福寿万年”等吉祥文字，也有将它做成如意头状，上面錾刻着寿桃、蝙蝠、金鱼或莲花等吉祥图案的。锁片用长丝带穿系，戴于小儿脖颈上，有避祸驱邪、祝愿长命的含意。

富贵人家的长命锁用金锁，贫苦人家的用铜锁，但这锁中所寄托的心意是一致的，希望那小小婴儿能一生平安喜乐，希望这块细细的锁片能锁住他的幸福与健康。

清代小说《快心编》中就叙及这种饰物：有一个姓石的人家，四十岁时生得一子，夫妇俩“恐他难得长养”，特地将一块玉锁挂在儿子颈间，以后这块玉锁就一直佩在他身边，一直伴随到他长大成人。书中形容这块玉锁，被“琢得精巧绝伦，缕着双鱼戏水，暖润滑泽”。

金庸小说《天龙八部》里阮星竹给自己的两个初生的女儿都系上了长命锁，阿朱的是“天上星，亮晶晶，永灿烂，常光明”，阿紫的是“湖边竹，绿盈盈”。这是一个自身飘摇无助的母亲对即将要失散的女儿的怜爱与愧疚。

象牙白齿双梳子

美人梳妆，自然少不了梳子。一头如云乌发瀑布般散下，精致小梳轻轻梳过，如梳过流水的光阴。女子青丝绕指柔，华梳理云鬓，宛如一幅明丽的美人梳妆画。

这样的画儿，在林风眠的笔下也出现过。“闲读道书慵未起，水晶帘下看梳头”，元稹淡淡的一句，旖旎风情尽显。

在中国古代，女子梳妆，普通人家的少女多用木梳，而富贵人家的少女用的则是玉梳、象牙梳、金银梳等。

博物馆曾展出过一对玉制的荷叶对梳，梳身便做成了荷叶的样子，极是玲珑可爱。这对荷叶对梳，应该是插在一位像《天龙八部》中的阿碧一般温柔宛转的少女的头上吧。

贵族少女也有用木梳的，但不会是普通的木梳，一般用的是价值较高的檀木梳。

檀木有点儿像玉，坚硬而温润，摩挲久了会有淡淡的光晕。它既不像玉那样容易碎，而且还有着淡淡的禅意芬芳，让人的心瞬时感受到宁静的芬芳。因此，檀木梳也颇受闺中少女的青睐。

据《本草纲目》记载，檀木可以消风、清热、解毒。因此，长期使用檀木梳能促进血液循环，提神益智，保护发质。

宋代的吕胜己写过一首《鹧鸪天》，其中有句："一夜春寒透锦帏。满庭花露起多时。垒金梳子双双耍，铺翠花儿袅袅垂。"料峭春寒，凉意沁进锦帏来，起来看时，满庭院都是被露水打湿的鲜花。女子在头上插上了一双镶金梳子作为发饰，发髻上簪着的带叶子的花儿袅娜地垂下来。是极其柔美婉约的画面。

在他的另一首《鹧鸪天》中，他也写到了梳子，还是精美至极的"象牙白齿双梳子"："日日楼心与画眉。松分蝉翅黛云低。象牙白齿双梳子，驼骨红纹小棹篦。"

《神雕侠侣》中写杨过带着洪凌波回古墓。在山上小憩时，洪凌波在石上坐下，整理被风吹散了的秀发，并从怀中摸出一只象牙小梳，慢慢梳着头发。虽然洪凌波自小在李莫愁严厉的教导之下长大，但她毕竟也是一个正值青春的少女，爱美的天性是遮掩不住的。

电视剧《雪山飞狐》中，少年胡斐在市场上买了一把小梳子，唇边不禁露出温柔的微笑，他想要把这把小梳子送给心仪的少女袁紫衣。谁知道镜头一转，那巧笑嫣然的紫衣姑娘竟然变成了一个缓步而来的缁衣尼姑。少年的笑容凝固在脸上，心中的失落可想而知。

梳子在我国古代的寓意很多。结发同心，以梳为礼。古时候，送梳子有私订终身、白头偕老的意思。所谓“一梳梳到底，二梳白发齐眉，三梳子孙满堂”，既包含了家人的美好祝愿，也有爱意的传递。因此，不少地方有了七夕送梳子的习俗。

小小一把象牙梳，梳上女子如云一般润妍的乌发，便可梳出千变万化的发式来，如朝月髻、天鸾篸、望仙九鬟髻、凌云髻、飞天髻、垂云髻等。

随梳伴镜拂尘埃

梳篦，又称栉，齿稀的称为“梳”，齿密的称为“篦”，梳理头发用梳，清除发垢用篦，古时用骨、木、竹、角、象牙等制。梳篦还有一个好听的名字，叫“落尘”，又名“洛成”。

梳篦是古时人手必备之物，女子几乎梳不离身。梳子齿距疏松一些，用于头发的梳理；篦子的齿距密，用来篦去发间的污垢，保持头发清洁柔亮。

在篦单独出现以前，曾存在过合体梳篦。汉、唐、宋各代的梳篦各有不同。汉代的呈较长马蹄形，纹饰一般以云气纹为主，间有鸟兽等；唐代的呈马蹄形，下部略宽；宋代的为月牙形。

古代的梳篦多为木制或竹制以及名贵物料制作，如金、银、象牙、犀角、水晶、玳瑁、锡等材质，有的嵌玉镶珠。

唐代罗隐的《白角篦》诗：“白似琼瑶滑似苔，随梳伴镜拂尘埃。”那白角梳洁白如玉，滑溜如青苔，是女子心头的爱物。

宋代陶谷的《清异录》记载：“洛阳少年崔瑜卿，多赀，喜游冶，尝为娼女玉润子造绿象外五色梳，费钱近二十万。”这二十万打造的绿象外五色梳，可见其华贵。

古人用篦梳，主要是为了除尘去垢，保持头发清洁，同时也起按摩头皮、舒筋活络的作用。闺中女子的首饰盒中必有一枚篦梳。细细的梳齿，如女子千回百转的细密心事。

《奚囊橘柚》中记载：“丽居，孙亮爱姬也，鬒发香净，一生不用洛成。”想那绝代美人，发丝清亮柔润，芬芳浮动，不用篦梳篦去灰尘油脂也自然洁净，当是和“冰肌玉骨，自清凉无汗”的传说一般了。

篦也可作为发饰插于发髻上。有贵族女子的头饰都以梳篦为主，简洁大气。魏晋以来，妇女头上流行插梳之风，女子常常是用梳子对镜子理妆，等待梳好了发髻，便将其往乌黑秀发上一插，这梳篦便成了绝美的发饰。

插梳之风至唐更盛，这种梳篦常用金、银、玉、犀等高贵材料制作。而梳篦的插法也是多种多样。

到了晚唐、五代，头上插的梳篦越来越多，唐代妇女插梳有多到十来把的。梳篦一般单插于前额、髻后，或者分插左右顶侧。斜插入鬓也颇有特色。《宋书 · 行志》记载：“宋代元嘉六年，民间妇女结发者……头上有花插簪梳等饰。”

宋代陆游的《入蜀记》记载，当时西南一带的女子头饰为“插银钗至六只，后插大象牙梳，如手大”。

从郎索指环

戒指在一开始不仅仅是一种饰物，而且是宫廷妃嫔用以避忌的一种标记。据说此习俗一直延续到汉代，《汉书仪》载:“宫人御幸，赐银指环，令数环计月也。”汉代以来，指环作为暗示后宫妃嫔能否接受君王御幸的标记。

到了后来，戒指逐渐演变成君王招嫔纳妃的定情之物。《南史·后妃梁武丁贵嫔传》中记载了这样一个故事：南朝梁武帝镇守樊城时，一天登楼眺望，见汉水之滨，五彩如龙，下有一女子在漂洗丝绵，武帝认为此女一定是贵女，便以戒指相赠，纳她为妃。

三国繁钦《定情诗》云:“我既媚君姿，君以悦我颜。何以致拳拳?绾臂双金环。何以道殷勤?约指一双银。”南朝丁六娘的《十索》诗中也有“欲呈纤纤手，从郎索指环”之句。

由此可见，戒指作为男女之间爱情信物的习俗，已经逐渐从宫廷流行到民间，故而这戒指也有“约指”之称。

唐代范摅所著的《云溪友议》中记载有这样一个故事：唐朝京兆尹韦皋在江夏（今武汉）时，曾邂逅一位美貌婢女玉箫，两人一见钟情。但韦皋不久就要离去，于是赠给玉箫一个白玉戒指，相约七年后再在原地相会。

但是八年过去了，玉箫仍不见韦皋回来，最终受相思之苦煎熬而死。玉箫死前留下一首诗：“黄雀衔来已数春，别时留解赠佳人。长江不见鱼书至，为遣相思梦入秦。”几年以后，韦皋终于回来了，可玉箫与他已经天人永隔。

韦皋伤心之下，大醉睡去。恍惚之间，却遇一女，容貌酷似玉箫，而且其中指上“有肉隐出如玉环”。这是玉箫经过转世投胎，与韦皋再续前缘。后世便传有“韦郎玉环”这一典故。

晋代以后的戒指，仍叫金指环、金银指环或玉环等。到了明代仍称为指环。

清代真正出现戒指一词，还是在《红楼梦》中。书中写史湘云来到姑祖母家，见到宝钗、黛玉、宝玉等人，惦念着小时候的伙伴们，说：“我给他带了好东西来了。”宝玉见她拿出手绢，还挽系成一个疙瘩。便说：“你倒不如把前日送来的那绛纹石的戒指儿带两个给他。”结果湘云打开，众人一看，果然是“上次送来的那绛纹石戒指，一包四个”。这四个分别是送给袭人、鸳鸯、金钏、平儿的。

后来贾母八十寿辰，家中摆寿宴，迎来客往。男女分庆，极尽欢乐。仅头一天，南安太妃、北静王妃前来贺寿，要见见孙辈小姐们，这时贾母让宝钗、宝琴、黛玉、探春、湘云出来请安问好。二位太妃十分高兴，马上叫人打点备用礼物送给她们五人，礼物便是“金玉戒指各五个，腕香珠五串”。为此南安太妃还略显歉意地说:“你姊妹们别笑话，留着赏丫头们罢。”

在这里，戒指并不是定情信物，而是贵族女儿家的闺中小饰品和小玩物了。

香墨弯弯画

女子对镜梳妆，淡画蛾眉，大约是男子心中最旖旎的景致之一了。因此，词人和诗人历来对画眉这一场景吟咏甚多。蛾眉粉黛，尽显东方女子之美。

温庭筠的《菩萨蛮》中有："小山重叠金明灭，鬓云欲度香腮雪。懒起画蛾眉，弄妆梳洗迟。"那美人香腮如雪，秀发如云，对着镜子慵懒地画着蛾眉，精致妩媚至极。

不仅美人自己喜欢画眉，男子也喜欢给心爱的女子画眉。汉代的张敞就很喜欢给夫人画眉，传为佳话。《汉书 · 张敞传》记载："……又为妇画眉，长安中传'张京兆眉怃'。有司以奏敞。上问之，对曰：'臣闻闺房之内，夫妇之私，有过于画眉者。'上爱其能，弗备责也。"虽然汉宣帝爱惜其才，一笑了之，但张敞此后再也没有得到重用。不过在张敞心中，这些虚华的名利都不及给夫人画眉来得快乐。元代邵亨贞以此为典，写下《沁园春 · 美人眉》："扫黛嫌浓，涂铅讶浅，能画张郎不自由。"

隋唐时，贵族女子常用螺子黛画眉。螺子黛产于波斯国，价值不菲，当时每颗值十金。它是一种经过加工制造，已经成为各种规则形状的黛块。

隋炀帝在修大运河期间，曾宠爱一名叫作吴绛仙的殿脚女，每每“倚帘顾之，移时不去”。吴绛仙眉形极美，并擅画蛾眉，引得其他后宫女子纷纷效仿。她们都学吴绛仙把眉毛画成长蛾眉状。吴绛仙也因此被历代誉为画眉圣手，传世有《绛仙画眉图》。

盛唐时期的女性流行把眉毛画得阔而短，形如桂叶或蛾翅。元稹有诗云“莫画长眉画短眉”，李贺诗中也说“新桂如蛾眉”。为了使阔眉画得不显得呆板，女子又在画眉时将眉毛边缘处的颜色向外均匀地晕散，称为“晕眉”。还有一种眉形是把眉毛画得很细，称为“细眉”。因此，白居易在《上阳白发人》中有“青黛点眉眉细长”之句，在《长恨歌》中还写道：“芙蓉如面柳如眉。”

唐代张泌的《妆楼记》中记录：“明皇幸蜀，令画工作十眉图，横云、斜月皆其名。”后来明代杨慎的《丹铅续录·十眉图》作了更详细的记录：“唐明皇令画工画十眉图。一曰鸳鸯眉，又名八字眉；二曰小山眉，又名远山眉；三曰五岳眉；四曰三峰眉；五曰垂珠眉；六曰月棱眉，又名却月眉；七曰分梢眉；八曰逐烟眉，又名涵烟眉；九曰拂云眉，又名横烟眉；十曰倒晕眉。”

远山眉应该是古代最流行的眉妆了。汉伶玄的《飞燕外传》中有：

“女弟合德入宫，为薄眉，号远山黛。”说的是赵飞燕的妹妹赵合德入宫，眉色淡薄清远，号为远山黛。想那赵合德丰韵娉婷，那秀眉清淡悠长得犹如远山一般，更增丽色。

汉代《西京杂记》中也写道：“司马相如妻文君，眉色如望远山，时人效画远山眉。”这也是说把眉毛画成长长弯弯的，青色的眉像远山一样秀丽。

北宋欧阳修的《诉衷情》中也讲到了远山眉，清妙优美：“清晨帘幕卷轻霜，呵手试梅妆。都缘自有离恨，故画作远山长。”这首词说的是一个清晨起来，女子将帘幕轻轻卷起，看见满地清霜。天气太冷，她用热气呵着纤手，试着描画梅花妆。这一阕淡描的素写，却恰到好处地描画出闺房之中的女子轻俏秀美的样子。因离别之幽恨，所以她特意把双眉画成远山的样式，浅淡而又细长。 追忆往事，叹息芳华的飞逝，红颜弹指老，刹那芳华，内心无限凄凉。

“拟歌先敛，欲笑还颦，最断人肠。”就这样看着美好年华虚度，无可言说，柔肠寸断。

秦观有一首《南歌子》中有云：“香墨弯弯画，燕脂淡淡匀。”宋代女子所使用的画眉墨，往往掺有珍贵的名香。宋代女性普遍使用的“画眉七香丸”，就是在墨料中加入龙脑、麝香。

最开始女子是以黛色的墨画眉，后来又发展成用翠绿色的墨画眉。而女主人公的影子，只在最后微蹙的蛾眉中显示了她的相思之苦。那周遭的环境，令人陡生忧愁。所谓一切景语皆情语。宋代晏殊的《点绛唇》中有:“敛尽双蛾翠。”晏几道的《六幺令》中形容:“晚来翠眉宫样,巧把远山学。”《妆台记》中说“魏武帝令宫人画青黛眉,连头眉,一画连心甚长,人谓之仙娥妆”。

这种翠眉的流行反而使用黑色描眉成了新鲜事。《中华古今注》中说杨贵妃“作白妆黑眉”,当时的人将此认作新的化妆方式,称其为“新妆”。徐凝在诗中描写道:“一旦新妆抛旧样,六宫争画黑烟眉。”

掌上珊瑚怜不得

在中国古代，珊瑚出自深海之中，打捞极为不易。珊瑚有深红、桃红、粉红、粉白、白色，颜色极是鲜丽明艳，红珊瑚更是极为难得，因此常常用来制作珍贵的首饰和工艺品。

王维的《洛阳女儿行》中有句："自怜碧玉亲教舞，不惜珊瑚持与人。"那备受宠爱的洛阳女儿，把当世稀有的珍贵珊瑚送人也毫不可惜。大唐是个充满自信的朝代，空气中涤荡的都是怡然的春风。

薛逢吟有："坐客争吟去碧诗，美人醉赠珊瑚钗。"那美人醉颜酡红，更觉娇美，她从云鬓上漫不经心地抽下明艳可爱的珊瑚发钗，以纤纤素手将它递给那在座的诗人。诗人伸手接过珊瑚发钗，心中电光石火地一闪，回去一挥而就，便又是一首传诵千年的诗了。美人醉赠珊瑚钗，眼波流转，珊瑚生光，是何等的妩媚与风情。

珊瑚还是贵族男子身份的象征。班固的《汉武帝事》中有记载："武帝起神堂前庭，植玉树，茸珊瑚为枝。"汉武帝将珊瑚玉树供奉在神堂之中，可见他对珊瑚的重视。晋代石崇、王恺斗富，晋武帝暗中帮助舅舅王恺，赐了他一株珊瑚树，高二尺（一尺约0.33米）多，枝柯扶疏，世所罕比。于是王恺得意地向石崇炫耀，不料石崇挥起铁如意将珊瑚树打得粉碎，王恺大怒，石崇却不紧不慢地吩咐左右取来六七株珊瑚树，这些珊瑚树高度都有三四尺，条干绝俗，光耀如日。王恺目瞪口呆。

清代，皇帝和一、二品官员在行朝日礼仪中，经常戴红珊瑚制成的朝珠。而品阶低的官员则无权佩戴。

正因为珊瑚贵重，所以并非所有想拥有珊瑚的人都能得到它。清代初期的诗人吴伟业的《古意》六首中的最后一首写道："掌上珊瑚怜不得，却教移作上阳花。"珊瑚润妍娇美，但是无论自己再怎么怜爱护持，也无法真正拥有，而会被人引入深宫之中养做向阳的花朵。便如同深爱的美人，虽然无比倾心，却最终不能属于自己。

后来电视剧《甄嬛传》中，甄嬛要辞别清河王，回到宫中重归皇帝身边时，她的心境也是用这么一句诗来表达："掌上珊瑚怜不得，却教移作上阳花。"淡淡一句，恍若有无限惆怅如暗香般悄然浮动。

《红楼梦》第五十二回中，薛宝琴在谈到在海外的见闻时说："谁知有个真真国的女孩子，才十五岁，那脸面就和西洋画上的美人一样，也披着黄头发，打着联垂，满头戴着都是玛瑙、珊瑚、猫儿眼、祖母绿。"那美人儿满头珠翠，其中鲜丽晶莹的，便有红色的玛瑙和珊瑚，给少女平添了几分娇俏可爱。

我曾经看清代的一本旧小说，男子送给女子的定情信物是一个珊瑚盒，女子打开珊瑚盒，看到一对明洁温润的玉鸳鸯。鲜红的珊瑚盒中，放着一对散发着淡淡柔光的玉鸳鸯，怎么都是让人心动至极的美丽了。

珊瑚还有养颜美容、活血明目的功效，是中药名贵的药材。《本草纲目》中就记载珊瑚有“去翳明目，安神镇惊。用于目生翳障，惊痫，鼻衄”。

而《本草纲目》中除了记载它的功效之外，还格外细致地记载了珊瑚之美，说它“明润如红玉”，又说“珊瑚有红油色者，细纵纹可爱”。显然李时珍也为这嫣然可爱的珊瑚而倾倒。

莫许杯深琥珀浓

珊瑚、珍珠、琥珀是三种天然的有机宝石，在古人眼里都是极其珍贵的珠宝。在中国古代，琥珀也备受青睐，曾被称作兽魂、光珠、虎魄、育沛、江珠、遗玉等。

琥珀在中医理论里有安神定气的功用，且可杀菌消毒及避免传染病，所以也会被做成香环或香来使用。唐代孙思邈行医时必备琥珀，用于研制琥珀粉，并认为琥珀可散瘀止血、镇惊安神，可治惊悸失眠，“此乃神药琥珀之功也”。

《本草纲目》也记载：“虎死则精魄入地化为石，此物状似之，故谓之虎魄。俗文从玉，以其类玉也。”人们相信，佩戴琥珀可以使易于激动的人安定，能让人情绪平静，可以辟邪。所谓“宁心神，安五脏，明心绪，定神魄”。

琥珀色彩丰富，手感轻盈，具有剔透晶莹的光泽。古代贵族们常常视琥珀为吉祥如意之宝，新生儿一出生就给他佩戴上琥珀项链，认为琥珀能够避难消灾，带来一生的平安。

年轻女子也喜欢佩戴琥珀项链，她们认为琥珀可以让青春常驻。还有用琥珀做成枕头的。唐代《西京杂记》记载，汉成帝的皇后赵飞燕就是枕着琥珀枕头，以摄取琥珀的香气。琥珀枕头极其贵重，非帝王之家不能有。

唐朝诗人韦应物有诗云:“曾为老茯神，原是寒松液，蚊蚋落其中，千年犹可观。”说的正是琥珀。琥珀实质上是岁月沉积而成的化石，质润如黄玉。有人说，琥珀是目前世界上唯一能将生物保存其中，穿越时空，历经千万年依然能保存完好如初的宝石，因此琥珀还被称为“时间荚囊”。

那闪烁着微光的琥珀内，封存的是千万年以前的一个黄昏。琥珀里锁进了那个黄昏的天空与微风。那个无意中闯入树脂的小昆虫的生命就此定格，成为不朽的一部分。

不过诗词中单独歌咏琥珀的并不甚多，大多是利用琥珀瑰丽厚重的颜色去形容酒色或者茶色。

如冯延巳的《抛球乐》:“歌阑赏尽珊瑚树，情厚重斟琥珀杯。”李贺《残丝曲》:“绿鬓年少金钗客，缥粉壶中沉琥珀。”杜甫的《郑驸马宅宴洞中》:“春酒杯浓琥珀薄，冰浆碗碧玛瑙寒。”李清照的《浣溪沙》:“莫许杯深琥珀浓，未成沉醉意先融，疏钟已应晚来风。”

沧海月明珠有泪

李商隐曾写过一系列精美华丽的《无题》诗，其中有句："沧海月明珠有泪，蓝田日暖玉生烟。此情可待成追忆，只是当时已惘然。"

彼时，读到此诗时年龄尚幼，还读不懂无题诗背后的深意，只是特别喜欢这诗句里字面上的美感。尤其是"沧海月明珠有泪"句，沧海月明，在如此广博而雄浑的背景下，一颗闪烁着淡淡光泽的细小珍珠，像是美人流下的晶莹泪珠。

珍珠在古代是女子的心爱之物。早在远古时期，原始人类在海边觅食时就发现了珍珠。在海边的细小沙砾中，外表粗糙的蚌壳内每一颗珍珠表面都具有隐约可见的晕彩珠光。古人惊诧于珍珠所具有晶莹瑰丽，将之带回山洞。从那时起，珍珠就成了人们的饰品。

据《尚书·禹贡》载："淮夷宾珠。"说明中国采珠历史早在4000年前的夏禹时代就已开始了，而且当时淮河一带的珍珠还是贡品。《诗经》《山海经》《尔雅》《周易》中也都记载了有关珍珠的内容。关于珍珠的传说更是数不胜数。

唐代的唐明皇宠爱杨贵妃，冷落了梅妃。为了安慰梅妃，唐明皇派人给梅妃送去了珍珠一斛，那颗颗光华莹洁的剔透珍珠曾是梅妃所爱。但没有见到唐明皇，梅妃大失所望，退回珍珠，并写下了一首《谢赐珍珠》："柳叶双眉久不描，残妆和泪污红绡。长门自是无梳洗，何必珍珠慰寂寥。"唐明皇看到这首诗后，令乐府以新声唱之，名《一斛珠》，后来《一斛珠》成了著名的词牌名。

李后主便曾作过《一斛珠》："晓妆初过，沈檀轻注些儿个。向人微露丁香颗，一曲清歌，暂引樱桃破。罗袖裛残殷色可，杯深旋被香醪涴。绣床斜凭娇无那，烂嚼红茸，笑向檀郎唾。"便是写妻子周娥皇后清歌时的旖旎风情与闺房之中的小儿女情趣。

后来看书，我得知了珍珠的形成过程。蚌在受到外来的异物刺激或者自己的病理刺激后，形成珍珠囊，然后渐渐分泌珍珠质形成瑰美的珍珠。"病蚌成珠"这个成语便是来源于此，将生命中最深的疼痛化作温润细腻的光芒。

梁代陶弘景在《本草经集》中说，珍珠"有治目肤翳，止泄"等作用。唐代的《海药本草》认为，珍珠可以明目、除晕、止泄。在元朝，商人们常在水中加蜜糖和珍珠粉饮用，认为它既可以滋补，又可以防暑。元好问在《续夷坚志》中记载："洮水冬日结小冰……圆洁如珠……盛夏以蜜水调之，加珍珠粉。"《本草纲目》中则认为珍珠的功效在于美容："珍珠味咸甘寒无毒，镇心点目；珍珠涂面，令人润泽好颜色。"

珍珠跟琥珀不一样，琥珀是岁月沉淀而成的精华，经得起时间的磨砺。而珍珠也跟女子一样，有着自己的青春年华。据说，一颗珍珠只约有一百年的机会展示它的光华。

在刚出蚌壳的时候，珍珠闪亮优美，光华动人。但是随着时光的流逝，珍珠的光泽也在渐渐淡去，犹如韶华女子渐渐失去了花信年华，虽然还有几分当年的美貌与优雅，但青春与灵气都已不再。所谓“人老珠黄”，其实是一个极悲哀的词。

合浦夜光回

夜明珠是传说中能发光的宝珠，古称“随珠”“悬珠”“垂棘”“明月珠”等。

传说，随国的君主随侯在一次出游途中看见一条受伤的大蛇在路旁痛苦万分，随侯心生恻隐，令人给蛇敷药包扎，而后将之放归草丛。这条大蛇痊愈后，衔一颗夜明珠来到随侯住处，说：“我乃龙王之子，感君救命之恩，特来报恩。”这就是被称作“灵蛇之珠”的随侯珠。

据史籍记载，史前神农时就已发现过夜明珠，如神农氏有石球之王号称“夜矿”。旧时文人一直当它是珍珠。又有传说，说夜明珠是海中一巨蚌所孕育出的一颗珍珠，夜里能发光，又大又圆，如果将其放入盘子，会因为过于圆润而不停滚动，无法停下来。

但夜明珠实际上不是珍珠，而是经过工艺加工而成的宝石。晋代的王嘉在《拾遗记·夏禹》一文中记述了一个传说：“禹击龙关之山，亦谓之龙门。至一空岩，常任数十里，幽暗不可复行。禹乃负火而进，有兽状如豖，衔夜明之珠，其光如烛。”

唐代李峤的《珠》中有：“昆池明月满，合浦夜光回。”唐代崔曙的《奉试明堂火珠》中有：“夜来双月满，曙后一星孤。天净光难灭，云生望欲无。”都是形容夜明珠的。

关于夜明珠的传说很多。春秋战国时代，如“悬黎”和“垂棘之璧”，价值连城，可比和氏璧。当时只有大官家陶朱公和猗顿二人买得起。晋国曾以“垂棘之璧”为诱饵“假首与虞以代编”。楚、秦、魏等国的大夫曾借夜明珠寓意哲理，讨论国家大事。秦始皇殉葬夜明珠，在陵墓中“以代膏烛”。汉光武皇后的弟弟郭况“悬明珠与四垂，昼视之如星，夜望之如月”以炫耀其富有。又传说唐代武则天赐予玄宗玉龙于夜明珠，玄宗又回子（世宗）一清珠，光照一室。

王铚的《默记》记载，宋灭南唐后，江南大将抓了李后主的宠姬。宠姬看见灯就闭眼睛，“烟气！”换成蜡烛，“烟气更重了！”大将不由得疑惑：南唐宫里就不点蜡烛吗？宠姬答道：“宫里每到晚上就悬大宝珠，光照一室，就像白天一样。”原来，李后主在夜间从来不点蜡烛，他的宫殿都悬挂着许多夜明珠，到了晚上，无数颗夜明珠发出莹润晶莹的光芒，将大殿照耀得犹如白昼。

据记载，宋、元、明时期，皇室尤喜夜明珠。元明时，皇室曾派官员到斯里兰卡买红宝石夜明珠和石榴石夜明珠。明代内阁曾有数块祖母绿夜明珠，夜晚便散发出闪闪光明，如同烛光一般。

鱼传尺素

据考证，书信起始于战国，秦朝后逐渐盛行。古时的书信有风雅的称呼，如笺、书简等。

笺，原是精美的小竹片，供人们题诗或作画用。书简原指盛书信的邮筒，古代书信写好后常找一个竹筒或木筒装好再捎寄。除此之外，还有牍、柬、函、札、素等。

诗词中出现得较多的是素，或者尺素。古代称白绢为素。用白绢（或绸）写成的书信称为尺素，后来“素”成为书信的代称。古时书函长约一尺，故名尺素。

古人思念家人朋友，便轻轻铺开一尺素净白绢，在白绢上写下殷殷心事。多少百转千回的柔情缱绻尽在尺素之中。写完之后，便小心地把白绢卷起，放在信函之内。

那时写信的木板和作盖的木板都做成鲤鱼形，用绳子扎捆好，很像一条鱼，人们便称信札为“双鲤”“鱼素”“双鱼”“鱼书”等。闻一多先生曾有过考证：“双鲤鱼，藏书之函也。其物以两木板为之，一底一盖，刻线三道，凿方孔一，线所通绳，孔所以受封泥……此或刻为鱼形，一孔当鱼目，一底一盖，分之则为二鱼，故曰双鲤鱼也。”

汉乐府《饮马长城窟行》有云：“客从远方来，遗我双鲤鱼。呼儿烹鲤鱼，腹有尺素书。”那来自远方的客人，带回了遥遥的牵挂——是放着尺素的信函。叫家中小儿把信函打开，是丈夫写给自己的信。“长跪读素书，书中竟何如。上言加餐食，下言长相忆。”那信中写着什么呢？书信的前一部分是说要增加饭量保重身体，书信的后一部分是说经常想念。

关于尺素的诗词很多，毕竟书信上融进的是亲友或者恋人的拳拳心意，展开来的，是一段过往的美好时光。

唐代张九龄的《当涂界寄裴宣州》：“委曲风波事，难为尺素传。”《周书·王褒传》：“犹冀苍雁赪鲤，时传尺素；清风朗月，但寄相思。”宋代秦观写过一首《踏莎行》：“驿寄梅花，鱼传尺素，砌成此恨无重数。”

关于书信，在崇尚雅致的宋代也常用“锦书”来代替。李清照的《一剪梅》中更有极优雅美丽的句子：“云中谁寄锦书来，雁字回时，月满西楼。”“彩笺长，锦书细。谁信道、两情难寄。”相隔遥远，便靠彩笺与锦书通信。但是有多少情意是信笺所传达不了的。什么都比不了一个温暖亲切、可抱可搂的爱人在面前，来得要安慰。

铅华淡淡妆成

古代文人称正当韶华的美貌女子为红粉或者粉黛，是为红粉佳人。白居易的《长恨歌》中便有“回眸一笑百媚生，六宫粉黛无颜色”。

水粉和胭脂一样，是中国女子永远走不出的闺中情结，脂、粉常常并称。调朱弄粉也是闺中女儿的乐趣之一。明人田艺蘅的《留青日札》就曾记载，女子淡淡地敷了一层粉，然后再将胭脂调和在掌中，再擦在面颊之上，胭脂浓的，唤作酒晕妆，胭脂浅的，唤作桃花妆。薄薄地施了一层胭脂，用铅粉再敷上一层，这样的美人妆便唤作飞霞妆。浓淡相宜的脂粉，都有这么旖旎的名字。

古老的妆粉有两种成分，一种是以米粉研碎制成，另一种妆粉是将白铅化成糊状的面脂，俗称“胡粉”，又叫“铅华”，也有称“铅粉”的。北宋司马光笔下的“宝髻松松挽就，铅华淡淡妆成”便是指的这个。

那古代丽人松松绾了云鬓，化了一点淡妆，却更显得柔媚动人。只是印象老夫子一般端庄严肃的司马光，居然还能写出如此柔媚和婉之句，实在叫人意想不到。“宝髻松松挽就，铅华淡淡妆成”，贵族女子寂寞的美，仿佛那旧时光里胭脂盒中残留的胭脂，仍然有着淡淡的沉香和娇艳的颜色。

《孔雀东南飞》中用了许多笔墨来细细描写刘兰芝的才情、品性、美丽与装扮，其中关于她精心打扮盛装而出的那一段十分惊艳。

在被婆婆赶回去的当天，天还没亮刘兰芝就起床了。而她精心装扮之后更是光彩照人："足下蹑丝履，头上玳瑁光，腰若流纨素，耳著明月珰。指若削葱根，口如含朱丹，纤纤作细步，精妙世无双。"她对着镜子细细地梳妆打扮，每穿戴一件衣饰，都要更换好几遍。她脚下穿着丝做的绣鞋，头上插着闪闪的玳瑁首饰，腰上束着雪白流光的丝绢，耳上戴着用明月珠做的耳坠，手指纤细白嫩，像削尖的葱根，嘴唇红润得像含着红色朱砂，她娉娉婷婷地踏着细步盛装出来，简直光芒四射。如此精巧美丽，真是举世无双。如此难得的佳人，竟然也无法博得婆母的青睐，益增世人同情惋惜之意。

虽然对丽人来说，淡妆浓抹是总相宜的，但文人十分欣赏温柔含蓄之美，更偏向淡妆的汉家女儿。张祜的《集灵台》有云："却嫌脂粉污颜色，淡扫蛾眉朝至尊。"张先的《醉垂鞭》有："双蝶绣罗裙，东池宴，初相见。朱粉不深匀，闲花淡淡春。"都是说丽人的淡妆之美。

铅粉在不同的朝代有着不同旖旎温软的名字。在魏晋南北朝时期，宫人段巧笑以米粉、胡粉掺入葵花子汁，合成"紫粉"。唐代宫中还以细粟米制成"迎蝶粉"。在宋代，则有以石膏、滑石、蚌粉、蜡脂、壳麝及益母草等材料调和而成的"玉女桃花粉"。在明代则有用白色茉莉花仁提炼而成的“珍珠粉”以及用玉簪花合胡粉制成玉簪之状的“玉簪粉”。清代有以珍珠加工而成的“珠粉”以及用滑石等细石研磨而成的“石粉”，等等。

《红楼梦》第四十四回《变生不测凤姐泼醋 喜出望外平儿理妆》中，平儿姑娘在贾宝玉的劝解下补妆，宝玉将一个宣窑瓷盒揭开。这不是铅粉，这是紫茉莉花种，研碎了对上香料制成的。平儿倒在掌上看时，果见青白红香，四样俱美，摊在面上也容易匀净，且能润泽肌肤，不似别的粉青重涩滞。平儿走后，宝玉想着竟得在平儿前稍尽片心，也算今生意中不想之乐，忽又思及贾琏唯知以淫乐悦己，并不知作养脂粉，叹平儿命薄，不由得伤感起来。

这里紫茉莉粉大约是清代流行的一种铅粉。查阅资料，说紫茉莉又有异名为“粉豆花”“胭脂水粉”“水粉子花”。《草花谱》载：“此花不但可作胭脂，也可作妆粉，真乃女儿花也。”

胭脂小字点眉间

胭脂两个字，说不尽的旖旎风情。胭脂是面脂和口脂的统称，实际上是一种名叫“红蓝”的花朵，它的花瓣可以制成鲜艳的红色染料。

胭脂又叫红妆。汉代以后，女子更喜用红妆。谁堪览明镜，持许照红妆。那木兰的姐姐听说英雄妹妹胜利归来，也在梳妆镜前细细地敷着胭脂，“阿姊闻妹来，当户理红妆”。

唐代是个极明艳辉煌的朝代，女子对于胭脂更加钟情，傅身香粉中常添加胭脂。明霞一般的肌肤在轻软罗纱中若隐若现，自然更增美人娇艳。

元稹的《杂忆》中就曾回忆自己的初恋：“忆得双文衫子薄，钿头云映退红酥。”美人一旦出汗，那香汗也会染红夏裳：“蚊晃香汗湿轻纱，高卷蚊厨独卧斜。”

王仁裕的《开元天宝遗事》记：“贵妃每至夏月，常衣轻绡，使侍儿交扇鼓风，犹不解其热。每有汗出，红腻而多香，或拭之于巾帕之上，其色如桃红也。”那国色天香的美人杨贵妃怕热，她用鲛帕轻轻拭着脸颊，香汗微沁，鲛帕上的汗渍都是娇艳的桃红色的，这自然是因为贵妃颊上抹了胭脂的缘故。

我在诗词中喜欢用胭脂这个词，有一种秀媚柔婉的感觉。比如南宋辛弃疾的《鹧鸪天》：“浓紫深红一画图。中间更著玉盘盂。先裁翡翠装成盖，更点胭脂染透酥。”他的另一首《鹊桥仙》：“八旬庆会，人间盛事，齐劝一杯春酿。胭脂小字点眉间，犹记得、旧时宫样。”那美人肤色皎洁，只眉心一点胭脂痣，更增娇媚。

《红楼梦》中的香菱便是如此的胭脂美人，她的眉心中有一米粒大小的一点胭脂记。她生得袅娜纤巧，做人行事又温柔安静。虽然命运坎坷，但她却仍然娇憨天真、惹人怜爱。后来香菱学诗，宝玉倍感欣慰，香菱终于懂得了诗词歌赋，终于感到了审美的乐趣，懂得了人生的诗意。

很多优雅裕静的生活品位只能属于贵族。贫者连饥饱冷暖尚未能解决，如何能有如此细巧的心思与丰裕的时间，来行此风雅乐事?

仍是在《红楼梦》第四十四回中，宝玉帮平儿理妆，平儿看这种胭脂也不是一张，却是一个小小的白玉盒子，里面盛着一盒，如玫瑰膏子一样。宝玉笑说铺子里卖的胭脂不干净，颜色也薄，这是上好的胭脂拧出汁子来，淘澄净了，配了花露蒸成的。只要细簪子挑上一点儿，抹在唇上，足够了；用一点水化开，抹在手心里，就够拍脸的了。平儿依言妆饰，果见鲜艳异常，且又甜香满颊。

金庸《天龙八部》中段誉为了给木婉清疗伤:“黄杨木梳子、一面小铜镜、两块粉红色的手帕、另有三只小木盒、一个瓷瓶，一只盒子，顿时幽香扑鼻，盛的是像胭脂的金疮药。第二只盒子装的是半盒白色粉末，第三盒是黄色粉末。”女儿家心思巧妙，连金疮药也做得跟胭脂一样，瞬间便有了无限旖旎。

明珠点绛唇

江淹是南北朝时候的奇才，诗文辞赋都写得好。“梦笔生花”“江郎才尽”这两个成语都来自他。而他也贡献了一个极其妩媚的词牌名：点绛唇。

江淹的五言古诗中有一首写一位美女游春，路人围观的盛况：“江南二月春，东风转绿苹。不知谁家子，看花桃李津。白雪凝琼貌，明珠点绛唇。行人咸息驾，争拟洛川神。”

二月江南，东风乍起，绿萍飘摇。那亭亭玉立的少女，是谁家美丽的姑娘？她在桃花李花盛开的津渡旁看花，肌肤雪白，如美玉凝成，唇上红妆似明珠闪烁。那花映美人，花团锦簇，光艳照人，行人都呆呆地忘了行走驾车，争相将她比作以美貌著称的洛神。

清代舒梦兰的《白香词谱》中有：“江淹诗：‘白雪凝琼貌，明珠点绛唇’；本词采以名。”就是因为江淹这首诗，《点绛唇》这个轻灵柔媚的词牌名便由此而生。

古人用牛髓或牛油来润唇，北朝的《齐民要术》里就有关于口脂制作的详细方法，需要用指尖挑起一点口脂，往嘴唇上“点”“注”“匀”，在上下唇中间各点上一个红点，所以叫作“点”绛唇。这“点”绛唇还有一个俗称，便叫作“一点红”。

口脂被盛于口脂盒里，供女性随身携带，在需要补妆时便宜行事。白居易在《和梦游春诗一百韵》曾云：“朱唇素指匀，粉汗红绵扑。”

口脂的做法最初以牛髓、牛脂掺香料、朱砂制成，至唐代才以蜂蜡代替了动物髓脂。蜂蜡兑上名贵香料，灌在竹管里保存，有着浓烈的香气。到了明清时期，又改为虫白蜡揉入红花汁或银朱的配方。历代口脂均呈膏冻状，就像今天的唇膏一般。口脂大都是鲜艳的朱赤色，但是唐宋时还流行过檀色点唇，檀色就是如今的裸色调。

五代顾敻的《甘州子》中有：“山枕上，私语口脂香。”缠绵之后，两人在锦帐鸳枕上互诉心语。女子樱唇轻启，口脂香气淡淡袭来。

《西厢记》里，张生到达长安之后曾经给崔莺莺送了几件小礼物，其中就有“口脂五寸”。唐代韩偓的《意绪》中也有：“口脂易印吴绫薄。”那时，女子还会把涂有口脂的双唇印到洁白的手帕上，在上面留下一对旖旎的唇印，送给即将离别的意中人。男子远行，便怀揣着这一方印着唇印的素帕，像揣着她所有的温柔心事与深沉情感。

芙蓉出水妒花钿

花钿是古代女子贴在两鬓、眉间或面颊上的一种花朵形的装饰物，有红、绿、黄三种颜色，以红色居多，以金、银制成花形，蔽于脸上。

有文献记载，最早的花钿出现在秦始皇时期。唐末马缟的《中华古今注》载："秦始皇好神仙，常令宫人梳仙髻，贴五色花子，画为云凤虎飞升。"这里"贴五色花子"指的就是贴"花子"面饰。汉承秦俗，并受楚文化的影响，"花子"相当流行。

到了三国时期，开始流行"靥钿"，这种特定位置的妆饰一直到唐朝还很盛行。晚唐文学家段成式在《酉阳杂俎》中记载："近代妆尚靥，如射月，曰黄星靥。靥钿之名，盖自吴孙和误伤邓夫人颊，医以白獭髓合膏，琥珀太多，痕不灭，有赤点，更益其妍……以丹青点颊，此其始也。"孙和不小心误伤邓夫人，邓夫人面颊上被医者涂上白獭髓合膏治伤，但仍有红点不灭，却更增美貌。于是宫人模仿，以丹青点在面颊上，这便是"靥钿"的由来。

南北朝时，兴起了“梅花妆”，这是一种形状特别的花钿。据北宋初年《太平御览》记载，南朝宋武帝刘裕的女儿寿阳公主在某一年的正月初七仰卧于含章殿下，殿前的梅树被微风一吹，落下来一朵梅花，正好落在寿阳公主的额上，而且怎么都揭不下来，拂之不去，像是绘在她眉间一样，精致可爱。三天之后，梅花终于被清洗了下来，但公主额上却留下了五个花瓣的印记，显得分外娇媚柔美。公主便以此为妆。宫中女子见之都觉好看，于是就剪梅花贴于额头，当时被称“梅花妆”。

这种梅花妆很快流传到民间，成为民间女子、官宦小姐及歌伎舞女们争相效仿的时尚妆容，一直到唐五代都非常流行。五代前蜀时期诗人牛峤在《红蔷薇》中写道：“若缀寿阳公主额，六宫争肯学梅妆。”说的便是这个典故。显然，到了隋唐一代，花钿已成了妇女的常用饰物。

宋朝时还在流行梅花妆，南宋的汪藻舟行汴中，无意中看见了水中画舫上的美人额妆，于是作《醉花魄》，他以陶醉的心情吟咏道：“小舟帘隙，佳人半露梅妆额，绿云低映花如刻。恰似秋宵，一半银蟾白。”那小舟在碧水上轻轻飘过，风吹帘动，帘子后忽然闪现出美人明净额上的梅花妆，绿鬓如云，更显得梅花妆之娇艳。

李清照的《浣花溪》中亦有：“梦回山枕隐花钿。”午睡醒来，正在回想梦中情境，头戴的花钿落在枕边床上。晏殊的《采桑子》中也有：“佳人画阁新妆了，对立丛边。试摘婵娟。贴向眉心学翠钿。”刚刚淡妆完毕的佳人缓缓走出画阁，袅娜如一朵花儿，立在花丛边。

她被那姹紫嫣红的花儿给吸引了，于是摘下花儿，贴到眉心里，做成花钿。

不过随着宋代淡雅审美风气的兴起，浓艳风格的花钿逐渐失宠。到了元代，花钿终于淡出了女子的妆台。

红袖添香夜读书

红袖，两个字，便如胭脂一般，听起来便是无比古典与旖旎。

红袖字面上的意思是指美貌女子的红色衣袖，后蜀欧阳炯写着南方婉约的风情，笑倚春风的红袖少女便是他怀念的对象之一。

他写下了一组《南乡子》词，其中有句：“红袖女郎相引去，游南浦，笑倚春风相对语。”

后来红袖便用来代指美丽的少女。韦庄回想自己年轻时候的风流不羁，写下了《菩萨蛮》，其中有句：“如今却忆江南乐，当时年少春衫薄。骑马倚斜桥，满楼红袖招。”

元代关汉卿的《金线池》楔子也有：“华省芳筵不待终，忙携红袖去匆匆。”清代孙枝蔚《记梦》诗中有：“头上黄金双得胜，眼前红袖百殷勤。”

古龙小说《楚留香传奇》中，写楚留香有个红颜知己叫李红袖，她总是喜欢穿一件宽大而舒服的鲜红衣裳，秀发松松绾起，面上绽开甜蜜妩媚的微笑，就好像百花俱在这一刹那开放。小说的后面又写到她“穿着件烈火般的鲜红衣裳，皮肤却白得像是白玉，又嫩得像是可以吹弹得破”。在这里，古龙再现了想象中的诗词中“红袖”的形象。

清代出现了“红袖添香”一词。首先是出自清代魏子安的《花月痕》第三十一回：“从此绿鬓视草，红袖添香，眷属疑仙，文章华国。”

“红袖添香”本已足够风情，后来清代女诗人席佩兰《天真阁集》又有句：“绿衣捧砚催题卷，红袖添香伴读书。”“红袖添香伴读书”后来又成一副对联：“碧纱待月春调瑟，红袖添香伴读书”。或许是天下所有读书人的梦想吧，手中有万卷书可读，而身边有颜如玉相伴。

“红袖添香”这个词虽然清代才有，但是这个情节却早就出现了。古人喜欢焚香，读书人夜读之时也常燃着一缕香。若有知心伴侣在旁添香，读书便更为安心静气，也更觉温暖。

明代画家作品《千秋绝艳》中，有“莺莺烧夜香”的著名情节。画面上，窈窕秀美的崔莺莺立在一座高香几前，几上放着香瓶香炉。她右手捧香盒，左手从香盒里拿出一颗香丸，正要放入香炉中。这便是“红袖添香”，张生有如此如花美眷、红颜知己在旁红袖添香，真是让天下读书人羡慕不已。

开箱验取石榴裙

“石榴裙”其实就是指的女子所穿的红裙。它名字的由来自然是与石榴有关。石榴原产自波斯一带，公元前2世纪时传入我国。“何年安石国，万里贡榴花。迢递河源边，因依汉使搓。”据晋代张华的《博物志》载:“汉张骞出使西域，得涂林安石国榴种以归，故名安石榴。”

中国人视石榴为吉祥物，暗含多子多福之意。故古人称石榴“千房同膜，千子如一”。民间婚嫁之时，常于新房案头或其他地方放置切开果皮、露出浆果的石榴，亦有以石榴相赠祝吉者。

而石榴花开如火，当时染红裙的颜料也主要是从石榴花中提取而成，因此人们也将红裙称之为“石榴裙”。

梁元帝的《乌栖曲》中有“芙蓉为带石榴裙”之填词，“石榴裙”的典故，缘此而来。古代妇女着裙，多喜欢石榴红色。

在唐代，石榴裙是年轻女子极为青睐的一种服饰款式。这种裙子颜色如石榴之红，不染其他颜色，往往使穿着它的女子俏丽动人。李白诗中有:“移舟木兰棹，行酒石榴裙”；白居易诗中有“眉欺杨柳叶，裙妒石榴花”；万楚诗中有“眉黛夺将萱草色，红裙妒杀石榴花。”

白居易在《琵琶行》中，曾描写了一位月下弹琵琶的女子:“曲罢曾教善才服，妆成每被秋娘妒……钿头银篦击节碎，血色罗裙翻酒污。”这“血色罗裙”也就是石榴裙。

最有传奇色彩的莫过于武则天在感业寺当女尼时写下的诗句“不信比来长下泪，开箱验取石榴裙”。那时，她并不知她以后会是光耀大唐的一代女皇，彼时，她倚门垂泪，惆怅不已，和所有芳华已逝、相思情重的女子一样，等待着那个能救她于水火之中的情郎。

而“拜倒在石榴裙下”的典故也来自于唐代。杨贵妃备受唐玄宗宠爱，群臣对此多有不满。杨贵妃便将此事告知唐玄宗。唐玄宗知道后，便令群臣见了贵妃一律行礼，拒不跪拜者以欺君之罪严惩。此令一下，此后群臣只要见到杨贵妃，无不纷纷下跪行礼。而杨贵妃又总爱穿着石榴裙，所以就有了“拜倒在石榴裙下”这一说法。后来，男子为女子的美貌所倾倒，也称为“拜倒在石榴裙下”。“石榴裙”也就成了古代年轻女子的代称。

南北朝诗人何思澄在他的《南苑逢美人》诗中就石榴裙写过“媚眼随娇合，丹唇逐笑兮。风卷葡萄带，日照石榴裙”，用石榴来暗比心中美女。

记得绿罗裙

古代女子的裙装也是精致极了。“窈窕燕姬年十五，惯曳长裾，不作纤纤步。”韦庄的《思帝乡》中有：“金似衣裳玉似身，眼如秋水鬓如云，霞裙月帔一群群。”杜甫 《丽人行》中亦有：“态浓意远淑且真，肌理细腻骨肉匀。绣罗衣裳照暮春，蹙金孔雀银麒麟。”

单看这些名称，便有花团锦簇、目不暇接之感：暗花细丝褶缎裙、金丝织锦服、烟云蝴蝶裙、撒花纯面百褶裙、软银轻罗百合裙、旋涡纹纱绣裙、如意云纹衫、流彩飞花蹙金翚翟袆衣、缎地绣花百蝶裙、缎织掐花外裳、盘金彩绣棉衣裙……女子或迎风蹀躞，或盈盈俏立，就算沉默不语，也是一道亮丽的美景。

身着石榴裙的少女娇艳明媚，而穿着绿罗裙的女孩则清纯动人。盛唐诗人王昌龄的古诗作品《采莲曲》中有：“荷叶罗裙一色裁，芙蓉向脸两边开。乱入池中看不见，闻歌始觉有人来。”那罗裙的颜色竟和荷叶一般碧青可爱，而采莲少女的芙蓉秀脸和荷花相映成趣。

晚唐诗人牛希济曾作一首《生查子》：“春山烟欲收，天淡星稀小。

残月脸边明，别泪临清晓。语已多，情未了，回首犹重道：记得绿罗裙，处处怜芳草。”黎明时分，远处若隐若现的山峦已经渐渐分明起来，天空是浅浅的蓝色，闪烁着几颗明星。弯弯残月的微光照在面临别离的少女脸上，淡淡的只见她泪珠晶莹。少女心中柔情无限，想说的话太多，反倒无法表达。道了离别，她忍不住又回过头来，低低说道，一定要记得她，每当看到草地上那碧色小草时，就要想起身着绿色罗裙的自己。

最后两句，真是清美。她亭亭地站在那里，泪珠莹然地看着他。她的绿罗裙在他面前绵延成连天的芳草。而当他纵马奔驰在古道上，望着那连天的芳草时，禁不住会想起那个穿着绿罗裙的窈窕少女，那个他深爱着的聪明可人的女孩。

心里会同时浮现甜蜜和凄凉吧。

心里有个人想念，有个人牵挂，便是相隔千里，又有何妨？总有相聚的那一天。因为相爱，这等待着的分分秒秒，总是甜蜜的。

后来因为这首词，又添了一个柔美的词牌名，就是“绿罗裙”。

风中披斗篷

斗篷是披在肩上的宽大无袖的御寒外衣，又名披风、氅衣、风雨衣等。它还有其他几个可爱的名字，叫作“莲蓬衣”“一口钟”“一裹圆”，用以防风御寒，也兼有美化服饰的作用。短的叫作帔，长的就叫作斗篷。

据说，斗篷是从蓑衣演变而来，最初用棕麻编成，以御雨雪，名谓“斗袯”。到明清时，才多用丝织物制作，并不限于雨雪天使用，当时叫作大衣，是一种御寒的服饰，有长式和短式，有高领和低领。凡冬天外出，不论男女官庶，都喜欢披裹斗篷。

清代以后，妇女穿着斗篷很普遍，因此制作日益精巧，一般都用鲜艳的绸缎制作，上面绣花纹，讲究的人家还会在里面衬以皮毛。那时的斗篷不仅制作精致，名字也十分浓艳，如软毛织锦披风、织锦镶毛斗篷、翠纹织锦羽缎斗篷等。

《红楼梦》中就曾出现了众多斗篷。有人做了具体统计，《红楼梦》

书中出现的斗篷五花八门，以材质而论有猩猩毡、玉针蓑、凫靥裘、雀金裘等；以着色而论，有青肷披风、紫绒羯褂、白狐皮氅衣以及大红羽纱的雪褂子等。

书中对各色斗篷描写最为集中、最为精彩的当属“芦雪庵赏雪”一回。林黛玉穿大红羽纱面、白狐皮里子的鹤氅，束一条青金闪绿双环四合如意绦，着掐金挖云红香羊皮小靴。薛宝钗穿一件莲青斗纹锦上添花洋线番羓丝的鹤氅，史湘云着一件貂鼠脑袋面子、大毛黑灰鼠里子、里外发烧大褂子，头上戴着一顶挖云鹅黄片金里大红猩猩毡昭君套，脚下穿着麀皮小靴，贾府三姐妹都是一色大红猩猩毡与羽毛缎斗篷。李纨穿一件素雅的青哆罗呢对襟褂子，邢岫烟仍是家常旧衣，并无避雪之衣。次日在芦雪庵即景联诗继续着力描写了斗篷，老太太“围了大斗篷”，王熙凤披着紫绒羯褂，宝玉披玉针蓑。

《红楼梦》中对宝玉斗篷的描写是最多的，他常穿的是件大红猩猩毡斗篷，遇有丧葬之事穿的是较为素雅的青肷披风，在一些重要的场合，穿的则是较为讲究的雀金呢氅衣之类，如遇有风雨则穿细致轻巧的玉针蓑。

宝玉那件大红猩猩毡斗篷首次亮相是在《红楼梦》的第八回，他去梨香院看望薛宝钗，林黛玉随后也来了。天下起雪珠儿，宝玉让小丫头去取斗篷。离开梨香院时，小丫头给宝玉戴斗篷戴不好，黛玉叫过宝玉，轻轻拢住束发冠，将笠沿掖在抹额之上，将那一颗核桃大的绛绒簪缨扶起，颤巍巍露于笠外，然后端详了一下，说：“好了，披上斗篷罢。”于是宝玉方接了斗篷披上。脂砚斋在这里批有一首小诗：“知己最难逢，相逢意相同。花新水上香，花下水含红。”

在《红楼梦》第二十一回里，袭人料宝玉睡着，便起来拿了一领斗篷来替他盖上。当《红楼梦》曲终人散时，宝玉出家仍是披着那件大红猩猩毡斗篷飘然而去，永远不再属于这个尘世。

罗衣特地春寒

罗衣是指轻软丝织品制成的衣服。它质地轻薄，柔软，常被用作夏服或帐幔。

罗衣不仅轻薄，而且精致。花山宋墓出土的服饰中就有日月卷草纹罗衫、六瓣花纹罗衫，这些则是当时的贵族时尚服饰。

而罗衣中好听的名字真不少，如云雁细锦衣、弹花暗纹锦服、云霏妆花缎织彩百花飞蝶锦衣、碧霞云纹联珠对孔雀纹锦衣、镂金丝钮牡丹花纹蜀锦衣、散花水雾绿草百褶裙……

战国时宋玉的《神女赋》中有："其盛饰也，则罗纨绮缋盛文章，极服妙采照四方。振绣衣，披袿裳，秾不短，纤不长，步裔裔兮曜殿堂，婉若游龙乘云翔。"汉代《陌上桑》中写秦罗敷，就是从她的衣着打扮来烘托她盛装的美丽："缃绮为下裙，紫绮为上襦。"三国时曹植的《美女篇》中有："美女妖且闲，采桑歧路间。柔条纷冉冉，落叶何翩翩，攘袖见素手，皓腕约金环。头上金爵钗，腰佩翠琅玕。明珠交玉体，珊瑚间木难。罗衣何飘飘，轻裾随风远。顾盼遗光彩，长啸气若兰。"

李白的《宫中行乐词》:“小小生金屋，盈盈在紫微。山花插宝髻，石竹绣罗衣。每出深宫里，常随步辇归。只愁歌舞散，化作彩云飞。”那深宫中娇俏可爱的小宫女，头上随意地插着鲜花，身上穿着绣满石竹的罗衫，有青春的美丽，也有寂寞的哀愁。

晚唐冯延巳的《清平乐》中有:“雨晴烟晚，绿水新池满。双燕飞来垂柳院，小阁画帘高卷。黄昏独倚朱阑，西南新月眉弯。砌下落花风起，罗衣特地春寒。”身着素淡罗衣，黄昏卷珠帘，独自倚栏眺望，看一眉新月，风起落花香，窈窕身影稍显单薄，也含有一丝悲凉。

西蜀著名才女花蕊夫人在《宫词》中吟咏宫人夏日纳凉时的情形，曾写道“薄罗衫子透肌肤”。传世绘画《簪花仕女图》中，晚唐、五代的女性身上穿的，或许就是这种“透肌肤”的罗衣。

到了宋代，罗衣便被文人墨客描写得更多了。宋代的丝织手工业较为发达，主要品种有锦、绫、纱、罗、绮、绢、缎、绸等。宋代的女装是极秀美的，轻纱飘逸，色彩淡雅，上身穿窄袖短衣，下身穿长裙，通常在上衣外面再穿一件对襟的长袖小褙子，“上衣服色一般是淡绿、粉紫、银灰、葱白等，以清秀为雅；下裙服色通常是青、碧、绿、蓝、杏黄等，以艳丽为美”。宋代的女裙多以罗纱为主，不仅有刺绣，而且裙褶较多。因此，宋代的女子，娉娉婷婷地走起路来，便如一株株在风中袅娜的挺秀的荷。“坐时裙带牵纤草，行即罗裙扫落花”，满是中国古典女子的素净雅致之美。

宋代女词人李清照的《点绛唇》中就有“蹴罢秋千，起来慵整纤纤手。露浓花瘦，薄汗轻衣透”的描述。那少女玩秋千玩累了，站起身来整了整酸痛的纤手，淋漓香汗早把罗衣浸湿，便如一朵被露水打湿的小花。

李清照的《丑奴儿》中有“绛绡缕薄冰肌莹，雪腻酥香”，沐浴过后穿了一件红色的薄绡睡衣，越发显得冰肌玉骨自清凉无汗，幽香袭人。《蝶恋花·晚止昌乐馆寄姊妹》还有:“泪湿罗衣脂粉满。四叠阳关，唱到千千遍。人道山长水又断。萧萧微雨闻孤馆。”悲伤之中，泪湿罗衣。

宋代词人晏殊曾写过一首《浣溪沙》:“淡淡梳妆薄薄衣，天仙模样好容仪。旧欢前事入颦眉。闲役梦魂孤烛暗，恨无消息画帘垂。且留双泪说相思。”晏殊这首词写的便是一美人，“淡淡梳妆薄薄衣”，梳着淡淡妆儿，穿着薄薄的衣裳。写得极轻盈浅近，仿佛是一幅工笔的宋代仕女图，笔触清雅秀丽。

“淡”字透出“人淡如菊”的气质，而“薄”字则体现了希望能忘掉渴望，岁月长，衣裳薄。

晏殊的儿子晏几道的《临江仙》中也曾写到罗衣:“梦后楼台高锁，酒醒帘幕低垂。去年春恨却来时。落花人独立，微雨燕双飞。记得小苹初见，两重心字罗衣。琵琶弦上说相思。当时明月在，曾照彩云归。”

很多年以后，他依然记得她罗衣上的图案，记得当时她离别时的泪眼。沈祖棻先生对“心字罗衣”是这样解释的:“‘心字罗衣’，旧有两种解释，或谓指罗衣之领屈曲像个心字，或谓指心字香熏过的罗衣。心字香又有两说，或谓指一种用茉莉、素馨等花和沉香薄片相间制成的香，或谓指以香末萦篆成心字的香。”沈祖棻先生又说：“这些地方，无须烦琐考证，只要知道是一种样式很美或香气很浓因而使人难以忘怀的衣服就可以了。”

单衫杏子红

我对汉服是有情结的。女孩子窈窕的身段裹在宽大的汉服里，她们走起路来，便觉十分舒缓而美好。因此，我读到诗词中关于服饰的部分时，总忍不住多看几眼。

《西洲曲》是南朝极著名的一首乐府民歌，也是南朝乐府中最长一首的抒情诗篇。它是写一个少女在春去秋来岁月流转中对情郎悠长而又通透的相思，其中有句，“忆梅下西洲，折梅寄江北。单衫杏子红，双鬓鸦雏色”。

很喜欢这句“单衫杏子红 双鬓鸦雏色”，穿着红衣的少女，俏生生地立在春风之中，明眸皓齿，玉肌乌发，嫣然一笑，十分的美好。

单衫杏子红跟那种石榴裙的如火一般燃烧着的红又大不一样。杏子红，是春天里刚刚绽放的新鲜清灵的红色，带着水润的芬芳，是属于青春洋溢的少女的颜色，看了就叫人心里满溢着欢乐。

唐代皇甫松作《竹枝词》后又改成七绝形式，题为《采莲子》:“菡萏香连十顷陂，小姑贪戏采莲迟。晚来弄水船头湿，更脱红裙裹鸭儿。”

那接天莲叶无穷碧，映日荷花别样红，采莲的小女孩亮晶晶的眸子映着潋滟水色。她坐在船头玩水，见有毛茸茸的小鸭子游过，于是便笑嘻嘻地脱了红裙去裹那些小鸭子玩。也有一种说法是小女孩玩水弄湿了脚，于是便脱了红裙去裹住了湿淋淋的脚丫子。

无论哪种说法，读这首诗时，眼前都能浮现一个穿水红衫子的娇俏少女的影子。

在千年之前的一个夏日湖畔，荷花幽香中，她明眸皓齿，笑容漫开，杏子红衫随风拂动，潋滟成一片水色中明艳的霞光。

足下蹑丝履

女子的素足自古被认为极具美感。古代，贵族闺中少女的素足是极矜贵的，不能让陌生男子看见，只有婚后夫婿才能看到。

古乐府中有《双行缠曲》:“新罗绣行缠，足趺如春妍；他人不言好，我独知可怜。”金庸小说《天龙八部》中，写少女阿紫的双足之美:“……只见厅上铺着一张花纹斑斓的极大地毯。地毯尽头的锦垫上坐着一个美丽的少女，正是阿紫。她赤着双脚，踏在地毯之上。游坦之一见到她一双雪白晶莹的小脚，当真是如玉之润，如缎之柔。”

本来是旖旎风情，但后来王公贵族对宫中女子素足的审美越来越苛刻。南齐东昏侯萧宝卷曾经凿金为莲花，贴在白玉铺成的地上，让潘妃赤着雪白双足在玉璧金莲上行走，称为步步生莲。

南唐李后主时有宫嫔窅娘。窅娘能歌善舞，李后主专门制作了高六尺的金莲，用珠宝绸带璎珞装饰，命窅娘以帛缠足，使脚纤小屈上做新月状，再穿上素袜在莲花台上翩翩起舞，从而使舞姿更加优美。于是人人效仿，缠足之风因此而始。

女子的足既然已经如此矜贵，那么她们的鞋自然也是由精致的丝织品制成，被称为丝履。汉代的《孔雀东南飞》中即有“足下蹑丝履，头上玳瑁光”，江总的《婉转歌》中有：“步步香飞金薄履，盈盈扇掩珊瑚唇。已言采桑期陌上，复能解佩就江滨。”唐代令狐楚的诗中也有“玳织鸳鸯履，金装翡翠簪”。

后来，平民女子所着的丝履也已是缠编着精巧花纹的绣花鞋。这种鞋更显得纤巧秀丽，能充分展示女儿家亭亭玉立的柔美姿态，所以在女性中广泛传开，并一举成为唐宋两代流行的鞋式。

绣花鞋的刺绣修饰手法十分精致唯美，用彩色丝线从鞋头到鞋跟甚至鞋底和鞋垫上都绣上繁缛华丽的纹样。绣花鞋绣纹有花鸟草虫、飞禽走兽、瓜蒂花果、山川风物、戏剧人物等。

女子莲步轻移，娉娉婷婷，长裙曳地，裙摆下不经意露出的绣花鞋尖，露出一朵娇艳的花，或者灵秀的鸟儿，足下也就有了旖旎风情，步步踏在旁人惊艳的眼光之中。

贵族女子穿的鞋子，比绣花鞋更为华丽精致的，就是“金缕鞋”了。纳兰容若的《菩萨蛮》中有：“隔花才歇帘纤雨，一声弹指浑无语。梁燕自双归，长条脉脉垂。小屏山色远，妆薄铅华浅。独自立瑶阶，透寒金缕鞋。”隔花望去，蒙蒙细雨渐渐停歇了，女子含颦看着窗外，只觉红颜弹指老，不由得默默无语。梁上燕子双双归来，柳枝纤长，脉脉低垂，一派春光明媚。而屋内女子的心情却惆怅低落。她看着小屏风上的空远山色，又看着镜子内自己的淡淡铅华，如此容颜，恨无人赏。无聊之至，只好独自一人站在台阶上，而料峭春寒透过纤足上的金缕鞋直凉到了心底。

李煜的《菩萨蛮》，却是浓艳："花明月黯笼轻雾，今宵好向郎边去！刬袜步香阶，手提金缕鞋。 画堂南畔见，一向偎人颤。奴为出来难，教君恣意怜。"这首词写的是小周后初堕情网，天真的不管不顾的心理。而纳兰这首词中透露出来的情感却是深深的心疼和怜惜。

罗袜生尘

罗袜就是丝罗做的袜子。古代的袜子有皮质的，也有布做的，皮质的袜子叫作角袜，丝织品做的叫作罗袜。罗袜轻软柔和，自然更为女子所钟爱。

汉代的时候，古人是用白色的布缠在足上，称之为足衣或者足袋，汉张衡的《南都赋》中有“修袖缭绕而满庭，罗袜蹑蹀而容与”，这可能是最早关于罗袜的吟诵。但这里的罗袜其实是布袜。

魏晋时罗袜已经比较普遍了。如南朝江总的《姬人怨服教篇》中有“莫轻小妇狎春风，罗袜也得步河宫”。

最著名的当然是曹植的《洛神赋》：“凌波微步，罗袜生尘。”洛神轻移微步，踏在水面上激起极细的水花，好像罗袜沾染了尘土一样。洛神的高贵雅洁便呼之欲出了。

因为季节的关系，袜子的质料也有厚薄不同。罗袜、绫袜等为春、夏、秋所穿；冬季时，古人会将几层料子合并，最多者达十余层，名千重袜；另外还有在绫罗之中加纳丝绵，做成一种绵袜。

李白的《玉阶怨》中有:“玉阶生白露，夜久侵罗袜。却下水晶帘，玲珑望秋月。”显然，秋天里女子穿的是比较轻薄的罗袜。那玉阶白露夜凉袭人，渐渐浸湿罗袜。

而李白也另有“一双金齿屐，两足白如霜”“溪上白如霜，不著鸦头袜”之句。那在水边石上浣纱的女子赤着霜雪一般皓白的双足，并未穿罗袜，尽显天然风韵，比之湘裙罗袜、精心打扮过后的亭亭女子，又是另一番风情。

泪沾红抹胸

肚兜又称“抹胸”，是中国传统服饰中护胸腹的贴身内衣。上面用布带系在脖颈上，下面两边有带子系于腰间。

胖乎乎的小儿穿着红肚兜，更显得憨态可掬、粉嫩可爱。《西游记》里的红孩儿，还有《哪吒闹海》里的哪吒，一块小肚兜儿便成就了神话中经典的儿童形象。

女子身上的精致肚兜则是闺中女儿的旖旎情怀。肚兜还有一个娇媚的名字，叫作抹胸。抹胸的名称则不同于肚兜的天真，而有了几分性感的意味。中国女性使用抹胸由来已久，汉代称为“抱腹”，魏晋时称为“两当”，唐代叫“诃子”，宋代就成为“抹胸”，清代以后就是“肚兜”了。

李煜的《谢新恩》中有：“樱花落尽阶前月，象床愁倚熏笼。远似去年今日，恨还同。双鬟不整云憔悴，泪沾红抹胸。何处相思苦？纱窗醉梦中。”后来宋代女性在艳丽抹胸之外，罩上一件件薄如蝉翼的素色纱衣衫，更增婉约之美。

肚兜的面上常有图案，有印花也有绣花，印花流行的多是蓝印花布，图案多为“连生贵子”“麒麟送子”“凤穿牡丹”“连年有余”等吉祥图案。绣花肚兜较为常见，刺绣的主题纹样多是中国民间传说或一些民俗讲究，如喜鹊登梅、鸳鸯戏水以及其他花卉草虫。

明代之后，妇女已普遍有使用肚兜的习惯，当时叫“兜子”，俗称抹胸。是用交料两块，斜裁，上尖下平而成。清代的抹胸有两种款式，一种是短小贴身的，缚于胸腹之间，俗称“抹胸肚”；另一种是束于腰腹之间的，称为“肚兜”。

据《清稗类钞》记载:“抹胸，胸间小衣也，一名抹腹，又名抹肚；以方尺之布为之，紧束前胸，以防风寒内侵者，俗称兜肚。男女皆有之。”肚兜一般做成菱形，上有带，穿时套在颈间，腰部另有两条带子束在背后，下面呈倒三角形，遮过肚脐，到达小腹。材质以棉、丝绸居多。

系束用的带子并不局限于绳，富贵之家多用金链，中等之家多用银链、铜链，小家碧玉则用红色丝绢。

《红楼梦》中出现了好几次肚兜或者抹胸。第三十六回写宝钗来至宝玉房中，看见袭人在做针线，原来是白绫红里的兜肚，上面扎着鸳鸯戏莲的花样，红莲绿叶，五色鸳鸯。原来袭人温柔体贴，怕宝玉着凉，于是特地做了兜肚，让宝玉看了不能不戴。宝钗看了也赞“好鲜亮活儿计”。

缩臂双金环

“何以致拳拳？绾臂双金环。”“绾臂双金环”指的就是缠臂金。缠臂金，或曰臂钏，是一种古代女子的缠绕于手臂的装饰，是用金银带条盘绕成螺旋圈状，所盘圈数多少不等。

这样，不论从哪个角度看，那缠臂金都是几道金色圆环，光芒耀眼，女子雪白的玉臂便更显得娇美，平添无数风情。

宋代欧阳修曾写过一首《蝶恋花》：“越女采莲秋水畔。窄袖轻罗，暗露双金钏。”江南少女在明净的秋水畔采莲，罗裳小袖下，两道明晃晃的金臂钏若隐若现。

南宋女词人朱淑真在她的《恨别》中写道：“调朱弄粉总无心，瘦觉寒馀缠臂金。别后大拼憔悴损，思情未抵此情深。”朱淑真与恋人分别后日夜思念，柔肠寸断，人也渐渐消瘦憔悴，以至于手臂上的缠臂金都松脱了。

花间派诗人牛峤的《女冠子》里有：“锦江烟水，卓女烧春浓美。小檀霞，绣带芙蓉帐，金钗芍药花。额黄侵腻发，臂钏透红纱。柳暗莺啼处，认郎家。”芙蓉帐透过红纱，金光闪闪的臂钏让锦水烟景里的佳人更增妩媚。

同样的臂钏，和凝的《山花子》中则使得所描绘的女子更显妖娆：“银字笙寒调正长，水文簟冷画屏凉。玉腕重，金扼臂，淡梳妆。几度试香纤手暖，一回尝酒绛唇光。佯弄红丝绳拂子，打檀郎。”

缠臂金在一千多年的时间里一直是古代女子的随身饰品，衬托着她们的旖旎风情。但是随着礼教的日渐加深，女子的言行举止和衣着打扮渐渐受到束缚，袒露手臂被认为是失礼的行为，缠臂金自然只能暗无天日地隐藏在袖子里，失去了它本来的装饰作用。

于是，大约从明代晚期后，缠臂金就在女子的妆台永远消失了。

象床愁倚熏笼

熏笼是个无比柔暖的词。试想一下，深冬严寒，但贵族少女的闺房之中，却因这熏笼而沐了满屋的馨香。少女因温暖惬意而两颊如霞光融融，然后绽开春水梨花一般极娇俏甜美的笑靥。

熏笼亦作“燻笼”，是覆盖于火炉之上的竹罩笼，一种烘烤和取暖的用具，可用来熏香、熏衣、熏被。西汉司马相如的《美人赋》中曾写道：“金炉熏香，黼帐高垂。茵褥重陈，角枕横施。”

孟晖的《画堂香事》中记载，熏笼一般都是用竹编的穹形圆笼，口朝下扣在熏炉上，衣服摊开在熏笼上以受香。熏衣香丸烧起来也是极为讲究的，一定要微火慢燃，让散发的香气一点点浸透衣裳。闺阁中于是终日弥漫着淡淡的香气。

所以，熏衣最是消耗时光。熏毕，把衣裳叠好收入衣柜放一宿，第二天再穿用，衣上的香气就可以保持好几天。熏衣之时，真是让时光也慢走了，典雅幽静。

日本平安时期的吉田兼好在《徒然草》中就曾感叹道：“人心实在

是愚昧啊！明知熏香并不能常驻，虽暂时附着于衣物之上，闻着也不禁心神荡漾，难以自持。”

魏晋南北朝时期，熏笼熏衣之风更盛。《东宫旧事》曰：“太子纳妃，有漆画手巾熏笼二，又大被熏笼三，衣熏笼三。”古代较早的熏笼均为陶瓷烧制，更多的是用来熏香。

清人曹庭栋在《老老恒言》（又名《养生随笔》）中写道：“熏笼只可熏香，若以暖被，火气太甚。”

魏晋时有青釉瓷花熏篮，也是熏笼的变种，它形似花篮，周身有孔，花草置于笼内，衣被置于其上，花草的清香便浸入衣物之中。宋代词人晏殊的《浣溪沙》中有句“水沈香冷懒熏衣”，这句词极优美娴静，仿佛能看到慵懒美貌的贵族女子在熏笼沉香之中缓缓起身，衣上也熏染了沉香的气味。

唐代，熏笼大为盛行。许多唐代诗词中都提到了这种用来熏香的熏笼。元稹的《白衣裳》：“藕丝衫子柳花裙，空著沉香慢火熏。”梳妆完毕，侍女为美人奉上美丽的藕丝衫子和柳花裙。这些衣裙都已经平展在熏笼上，经过了长久的熏香。

唐代王昌龄的《长信秋词》之一有：“熏笼玉枕无颜色，卧听南宫清漏长。”唐末词人薛昭蕴的《醉公子》词有：“床上小熏笼，韶州新退红。”唐代的白居易在《宫词》一诗中写道：“红颜未老恩先断，斜倚熏笼坐到明。”明末画家陈洪绶绘有《斜倚熏笼图》，取“红颜未老恩先断，斜倚熏笼坐到明”之义，画面也是古雅温静。

唐代的被中熏香，除熏笼以外，还有一种香球，用于去除污秽之气，芳香被褥。香球其形制通常为金属制作的镂空圆球，是一种设计极其精巧的微型熏笼。在西安的博物馆里，我就曾看到过这种极为精致的小熏笼，像是贵族少女的一个精致小玩具或者小饰品。

南唐李煜的《谢新恩》中写道："樱花落尽阶前月，象床愁倚熏笼。远似去年今日，恨还同。"樱花落尽，徒留一地冷香，台阶前尽是一片白月光。月光淡淡的，照在象牙床上，也照在斜倚熏笼独自忧愁的女子身上。那熏笼中的暖香，也暂时温暖了这寂寞等待着的女子的芳心吧。

《金瓶梅》中也出现了专用于熏香的熏笼，书中描写的熏笼在制作上更为精致一些。熏笼的烤火功能并未被忽略，古人冬日里在熏笼上罩上一床薄被子，把双手放在被子下取暖，又香又暖，自是再舒服惬意不过了。

《红楼梦》第五十一回里说："晴雯麝月皆卸罢残妆，脱换过裙袄。晴雯只在熏笼上围坐。麝月又说：'咱们那熏笼上暖和，比不得那屋里炕冷。'睡下之时，晴雯自在熏笼上。"熏笼里放的，大概也是梦甜香这样的熏香吧。一梦香甜。

日照香炉生紫烟

古人对香的认识和利用，从上古时期就开始了。宋代丁谓所著的《天香传》中云：“香之为用，从上古矣。所以奉神明，可以达蠲洁。”

春秋战国时期，人们已将薰草、古兰、郁金、茅香等香草用于香身、熏香、辟秽、祛虫、医疗养生等许多领域，并有佩带、熏烧、熏浴、饮服等多种用法。

汉唐以来，皇帝上朝理政之前先命侍者焚香起烟，然后才处理朝政。有诗云：“千官望长至，万国拜含元。隔仗炉光出，浮霜烟气翻。飘飘萦内殿，漠漠澹前轩。圣日开如捧，卿云近欲浑。轮囷洒宫阙，萧索散乾坤。愿倚天风便，披香奉至尊。”

魏晋南北朝时期，熏香在日常生活中更为普遍，曹操也曾告诉家人“房室不洁，聽得烧枫胶及蕙草”，临终时遗命：“余香可分与诸夫人，不命祭。”这一时期，熏香已从王公贵族扩展到士大夫、文人中间，出现了许多描写熏香的诗文，如曹丕的《迷迭香赋》和刘绘的《博山香炉》等。

隋唐时期，人们对熏香的利用更加精致。喜爱香薰的权贵们还用搜集到的奇香互相比试，兴起了“斗香”活动。唐中宗李显便是爱香之人，他每日醉心于赏香，他当权时就曾举办过一次斗香大会。

宋代熏香的亮点则是在熏香器具上。其中最具特色的就是瓷熏炉。文人雅士也多喜欢在书案上陈设古雅典丽的香熏炉。当时比较流行鸭、兽造型的熏炉，多以金属制造，称为“兽炉”，亦称“香兽”。宋代《香谱》中记载：“香兽，以涂金为狻猊、麒麟、凫鸭之状，空中以燃香，使烟自口出，以为玩好。”

明清对香的偏好有增无减。故宫内的大殿、书房、内寝皆置高达三四尺的巨大熏炉，多为掐丝珐琅等景泰蓝的精品，也有铸铜鎏金、錾刻精美的极品。

香炉焚香，展示的是一种精致的生活品位与幽静的生活情趣。金庸小说《飞狐外传》背景正是清代。小说中的苗若兰在冰天雪地出门，怕会寂寞，居然自带“鸟笼、狸猫，鹦鹉架、兰花瓶等许许多多又古怪又琐碎的事物”，她开始讲过往的那段故事时，便点起了熏香。但是还不能点素馨，因为素馨是她自个儿在房里时才点的，又是指定要将香炉放在风口，诸多讲究，足见平日里生活的优雅温静了。

手心之暖

宫廷剧里，冬日大雪纷飞，搓绵扯絮之时，那些美艳的嫔妃外出之时，除了罩上鲜艳的斗篷或披风外，手上还会捧着一个铜质暖手炉。

铜手炉又称“袖炉”“手熏”“火笼”，是旧时宫廷乃至民间普遍使用的掌中取暖工具。手炉和脚炉曾是旧时江南人家重要的取暖工具。小小的刻花铜炉内放一块专供手炉用的炭，便能温热一整天。

《红楼梦》第十九回中写道：“袭人向荷包内取出两个梅花香饼儿来，又将自己的手炉掀开焚上，仍盖好，放与宝玉怀内。”冬天，宝玉手中握着手炉取暖，袭人在炉内的炭饼上放两块小香饼，在暖手的同时，也熏香了衣袖，馨香满怀。

据考证，手炉是从火盆的使用中演变而来的。唐朝时，人们开始用铜制成手炉，至今已有一千多年的历史。当时的手炉器型以“簠簋之属为之”，即方圆二式，里面放火炭或尚有余热的灶灰，小型的可放在袖子里“熏衣炙火”。到了明清时期，手炉制作达到了高峰。

手炉常出现在古代文学作品里，常常是富贵家庭的象征。《红楼梦》第六回中写刘姥姥进大观园，好不容易见到王熙凤，只见王熙凤一身绫罗绸缎，“端端正正坐在那里，手内拿着小铜火箸儿拨手炉内的灰”，那是怎样的温暖精致。

手炉在古代是达官贵族所用的掌上之物，因此工匠们制作非常用心。手炉的造型多种多样，有圆形、方形、椭圆形、六角形、八角形、瓜棱形、梅花形、海棠形等。工匠们将炉底分别设计成平底、凹底、奶足底、荸荠底等，且在手炉提把上也有艺术设计，如弧形柄、花纹柄、花篮柄、折角柄、竹节柄等。炉身通常还有考究的纹样装饰，雕刻人物、花鸟、山水等纹饰，或者表达吉祥如意的纹饰，如“福禄寿”“和合二仙”“竹报平安”“喜上眉梢”“鲤鱼跳龙门”等。

手炉虽小，做起来却费时费工。制作铜器的工艺，从制模具开始，然后要涂料、脱蜡、焙烧，再到浇铸、打磨，最后焊接、做色，前前后后有十几道工序，一个小小的手炉从制作到完成至少要 30 天。

如今，手炉一般不再用来当作暖手工具了，收藏者大多是搁置在博古架上，作为摆设来欣赏。另外，手炉还可用来代替熏炉焚香、用作插花道具等。

赠君无语竹夫人

竹夫人又叫青奴，是古代民间夏日取凉的用具，为圆柱形的竹制品，中空，四周有竹编网眼，可供轻风来去。想那夏日炎炎之季，卧于竹席之上，怀中抱着清凉的竹夫人，暑热渐消。

竹夫人的名字取得极巧。其实最开始它并没有如此旖旎的名字。最开始时叫作竹夹膝。唐人陆龟蒙有《竹夹膝》诗:“截得筼筜冷似龙，翠光横在暑天中。”

“竹夫人”一名起于北宋。宋代咏“竹夫人”的诗词还颇为丰富。苏东坡《次韵柳子玉二首》诗云:“问道床头惟竹几，夫人应不解卿卿。”又有《送竹几与谢秀才》云:“留我同行木上座，赠君无语竹夫人。”自注云:“世以竹几为竹夫人也。”

北宋诗人赵捴把自己作的《竹夫人》拿给黄庭坚看。黄庭坚认为竹夫人是凉寝竹器，用于憩臂休膝，似非夫人之职，因而把它叫作“青奴”。并且和诗二首，一曰:“青奴元不解梳妆，合在禅斋梦蝶床。公自有人同枕簟，肌肤冰雪助清凉。”二曰:“秾李四弦风扫席，昭华三弄月侵床。我无红袖堪娱夜，正要青奴一味凉。”秾李、昭华，是贵人家两名女奴。

宋人张耒十岁时，其祖父贞之公曾出题《竹夫人》叫他作诗。张耒即刻成诗云:“悲秋已过又伤春，待得郎归荷叶新。守节碎身终不改，知名一似管夫人。”宋人晁说之亦有《二十六弟寄和江子我〈竹夫人〉诗一首爱其巧思戏作二首》诗:“莫愁妩媚主人卢，纤质交竿巧得模。绿粉敢争红粉丽，鱼轩休比鹤轩疏。女英谩对湘君泣，子政徒青天禄书。夹膝得名何不韵，秋来卧病竟何如。”“寥寥故国谩玄卢，内子可怜殊不模。拟比封君宁有实，欲为节妇亦何疏。且休深妒斫桃树，枉是多愁织锦书。贫士一妻常不饱，更烦讥谪几人如。”

宋人吴龙瀚的曾祖父作了《竹夫人铭》:“北窗蘧蘧，偎尔冰肌。毋徇其名，乃邪其思。”吴龙瀚作俳优语曰:“水沉为骨玉为肌，专宠凉台会有时。长得夫人容两足，客星不遣史官知。”

元人许有壬的《满庭芳》中则更是清雅优美:“槐院风清，藓阶尘净，日长镇掩衡门。葛帷藤簟，石枕竹夫人。不作南柯痴梦，要来往、月窟天根。花阴转，闲关幽鸟，啼破一窗云。”

清人吴城也有《咏竹夹膝》诗:“六月火云飞兀兀，赤脚踏冰不可袜。桃笙藤枕懒昼眠，忽被一凉清到骨。谁截此君空复空，交纹叠翠何玲珑。招凉珠与延清室，相伴依依岂尔同。西风一夜秋瑟瑟，长门冷落知谁惜。频年自笑在家僧，莫虑欢情容易失。”

《红楼梦》中说宝钗曾经在元宵节制有一谜语:“有眼无珠腹内空，荷花出水喜相逢。梧桐叶落分离别，恩爱虽浓不到冬 。”这个谜语打一物件，谜底就是“竹夫人”。

前两句诗的意思是描写“竹夫人”的外形，后两句指秋后天凉了，竹夫人就用不到了，会收起来或搁置一边。因为这是宝钗制作的灯谜，所以是在为后文作铺垫，宝玉虽然娶她为妻，但没过多久就出家了，夫妻缘尽于此，是一个无限苍凉悲哀的谶语。

始信温柔别有乡

汤婆子可以和竹夫人相对应。竹夫人是夏日取凉的用具，汤婆子是冬季取暖的用具。竹夫人如保养良好的中年美妇，神清骨秀，而汤婆子则是朴实敦厚的乡村老妇，散发着一种家常的温暖和温馨。

汤婆子是一种铜质或瓷质的扁扁的圆壶，它的外形像一个小小的南瓜。把灌足水的“汤婆子”旋好螺帽，再把它塞到一个相似大小的布袋中，将布袋放在被窝里，这样晚上睡觉便十分暖和，整个被子里都是温暖的。怀揣着这一份温暖沉沉入睡，纵使窗外风雪交加，仍可以睡得十分熨帖舒服。

据清代徐珂的《清稗类钞》记述：“铜锡之扁瓶盛沸水，置衾中以暖脚，宋已有之。”元代《东南纪闻》卷三中记载：“锡夫人者，俚谓之汤婆。鞲锡为器，贮汤其间，霜天雪夜，置之衾席，用以暖足，因目为汤婆。竹谷、罗学温文之曰：锡夫人。”

由此可见，汤婆子宋时已有。汤婆子又称“锡夫人”“汤媪”“脚婆”。汤婆子之名由来已久。“汤”，古代汉语中指滚水，“婆子”则戏指其陪伴人睡眠的功用。唤之汤婆子，便含了几分世俗的亲切亲昵在里头。

宋代黄庭坚《戏咏暖足瓶》诗曰:“小姬暖足卧，或能起心兵。千金买脚婆，夜夜睡天明。”那汤婆子的温暖千金难买，能让人一夜安稳睡到天明，再不受寒冻之苦。宋代的顾逢也特意作了一首《汤婆子》诗:“皤然一器微，有用在冬时。永夜寒如许，孤衾暖不知。少年皆见弃，老者最相宜。却恨无情处，春来便别离。”

明代瞿佑《汤婆》诗云:“布衾纸帐风雪夜，始信温柔别有乡。”也是说那汤婆子在风雪寒冬里所给予人的温暖。

清代小说《红楼梦》第五十一回“薛小妹新编怀古诗，胡庸医乱用虎狼药”中说到汤婆子:“袭人回家奔母丧，晴雯便忘了为宝玉暖被铺，说:‘终究暖和不成，我又想起来，汤婆子还没拿来呢。’麝月道:‘这难为你想！他素日又不要汤婆子。’”可见汤婆子也是《红楼梦》中人常用之物。看来汤婆子也是大俗大雅之物，平民人家爱用，富贵人家也照用不误。

清代曹庭栋的《老老恒言》中记录:“有制大锡罐，热水注满，紧覆其口，彻夜纳入被中，可以代炉，俗呼‘汤婆子’。然终有湿气透露，及于被褥，则必及于体，暂用较胜于炉。”说的是汤婆子虽然保温，但终有湿气，这则是从养生的角度来说的了。

编花篮

花篮是指装花所用的篮子，或以篮为容器制作成的插花，是满溢着春季风华的小物件。

匠人手巧，将竹枝或者藤条编织为扇面形或者椭圆形的轻巧小篮，再放满充满新鲜气息的芳花，往房中一放，整个房间的气息就变得清新浪漫了。若是正值青春年华的小姑娘在大自然中以纤纤巧手编着花篮，画面更是美得不可思议。《红楼梦》中就有这一极美的场景，编花篮的主角是莺儿。

《红楼梦》中的宝钗最是端庄稳重不过，而她的贴身丫鬟莺儿却是活泼娇俏、天真可爱。

在《红楼梦》里，莺儿大概是除了晴雯以外最心灵手巧的姑娘了。她最初的出场是在《红楼梦》第三十五回里，宝玉的玉的穗子被黛玉赌气铰了，于是宝钗便要莺儿给他打个络子把玉络上，宝玉见莺儿娇憨婉转，语笑如痴，是早已经沉醉了。

在《红楼梦》第五十九回中，莺儿与蕊官二人你言我语，一面行走，一面说笑，不觉到了柳叶渚，顺着柳堤走来。因见柳叶才吐浅碧，丝若垂金，莺儿便笑道:“你会拿着柳条子编东西不会?”蕊官笑道:“编什么东西?”莺儿道:“什么编不得?顽的使的都可。等我摘些下来，带着这叶子编个花篮儿，采了各色花放在里头，才是好顽呢。”说着，便伸手挽翠披金，采了许多的嫩条，命蕊官拿着。她却一行走一行编花篮，随路见花便采一二枝，编出一个玲珑过梁的篮子。枝上自有本来翠叶满布，将花放上，却也别致有趣。

到了潇湘馆里，莺儿把这花篮送给了黛玉，连黛玉也忍不住夸她:“怪道人赞你的手巧，这顽意儿却也别致。”

在这样满溢着春意的大观园的初春，才十六岁的少女莺儿，笑靥如花，手挽柳枝，采花摘草，编织着满载着新鲜春意的鲜花花篮，又编织得那样精巧别致。

在大观园这个“女儿国”里，她正处于人生最美好的年华，她也在编织着自己灿烂的青春，浑不知将来风雨飘摇的命运。

呼灯篱落

我曾经去乌镇，那古镇的夜晚，红灯笼挂在幽深的小巷里，凉风吹衣，静静地走着，总有一梦千里的恍惚感觉。

中国的灯笼又称为灯彩，起源于西汉时期，每年的农历正月十五元宵节前后，人们都挂起象征团圆意义的红灯笼来营造一种喜庆的氛围。唐开元年间，为了庆祝国泰民安，乃结花灯，象征“彩龙兆祥，民阜国强”，花灯风俗至此广为流行。

灯笼从种类上有宫灯、纱灯、吊灯等。宫灯是宫中所用的灯，它最为华美，用紫檀、红木、花梨木等贵重木材做骨架，罩上纱绢或玻璃，再在纱绢或玻璃上彩绘山水、人物、花鸟、虫鱼、博古文玩、神话传说、戏文故事等。

上元灯节应该是中国最浪漫的节日了，青年男女在这个晚上出来看各种花灯，还有各种邂逅与浪漫，从而成就了不少旖旎的爱情故事。上元灯节随着北宋经济的迅速发展日趋盛大壮观。到了北宋中期，官方亦于此时法定假日三天，以便官民同赏。

欧阳修的《醉翁谈录》记载：东京（汴梁）的东华门外自正月初即有卖灯的市场，有灯球、灯槊、绢灯笼、日月灯、诗牌灯、镜灯、字灯、马骑灯、凤灯、水灯、琉璃灯、影灯等。制灯人往往将兽角、翎毛、琉璃、皮革、丝绸巧妙运用，将灯造成牡丹、莲荷、曼陀罗等花卉的形状，分光叠翠，效果良好。另有灯品灯组，“采山左右，以采结文殊、普贤，青狮、白象，各手指出水五道，其手摇动”。系列灯放护城河上组成的“灯桥”，在闹市区街上空悬挂彩索，悬灯于上的“过街灯”，数十丈的“灯竿”，“以缯彩结束，纸糊百戏人物，悬于竿上，风动宛若飞仙”，这些都为后世效法承袭。

在放灯的同时，每个坊巷口皆有“奇术异能歌舞百戏”，整个东京城热闹非凡，据《东京梦华录》记载：“正月十五日元宵，大内前自岁前冬至后，开封府绞缚山棚，立木正对宣德楼，游人已集御街，两廊下，奇术异能，歌舞百戏，鳞鳞切切，乐声嘈杂十余里，击丸蹴鞠，踏索上竿……又有猴呈百戏，点跳刃门，使唤蜂蝶，追呼蝼蚁。其余卖药、卖卦、沙书地谜，奇巧百端，一新耳目……”

那时，宋代的姑娘们喜欢佩戴一种小灯笼，悬挂着小小的流苏，像玉佩一样装饰在身上，显得格外玲珑可爱。

宋代辛弃疾的《青玉案·元夕》中也说得非常含蓄优美：“东风夜放花千树，更吹落、星如雨。宝马雕车香满路。凤箫声动，玉壶光转，一夜鱼龙舞。”

明太祖朱元璋建都南京时，更于秦淮河上燃放水灯万支；永乐皇帝在午门大立鼇山灯柱，又在华门外设“灯市”，使得北平尚有“灯市口”街道。

到了清代，宫灯集历代形制之大成，品种繁多，造型更是精美。仅造型就有圆形、椭圆形、扁圆形、四方形、长方形、六方形、菱形、扇形、五角形、六角形、八角形、套环形、葫芦形、花篮形、银锭形、花瓣形、动物形、亭台形、花瓶形、瓜果形、飞禽形等。

《红楼梦》第四十回，刘姥姥带着板儿进大观园，只见乌压压的堆着些围屏、桌椅、大小花灯之类，虽不大认得，却五彩斑斓，各有奇妙。

《红楼梦》第四十五回里，黛玉在秋夜里听那秋霖脉脉，阴晴不定，那天渐渐的黄昏，且阴的沉黑，兼着那雨滴竹梢，更觉凄凉。黛玉不由得心生感慨，遂作一首《代别离·秋窗风雨夕》:“秋花惨淡秋草黄，耿耿秋灯秋夜长。已觉秋窗愁不尽，那堪风雨助凄凉……”

却不料凄风冷雨中，宝玉心里牵挂着她，冒雨来看她。一时间，秋夜不再凉，只感满室温馨。

宝玉要回去了，黛玉担心他，宝玉说点着明瓦的灯笼，不怕雨。黛玉听后，回手从书架上把玻璃绣球灯拿了下来，命人点一支小蜡来，递与宝玉，道:“这个又比那个亮，正是雨里点的。”宝玉道:“我也有这么一个，怕他们失脚滑倒了打破了，所以没点来。”黛玉道:“跌了灯值钱，跌了人值钱？你又穿不惯木屐子。那灯笼命他们前头照着。这个又轻巧又亮，原是雨里自己拿着的，你自己手里拿着这个，岂不好？明儿再送来。就失了手也有限的，怎么忽然又变出这‘剖腹藏珠’的脾气来！”宝玉便连忙接了。

那一枚小小的灯笼，是宝玉和黛玉相知相惜的脉脉情意。宝玉提着这枚小灯笼走在秋夜里，心中想必也是一派甜蜜温馨吧。

锦囊

锦囊是指用锦制成的袋子，古人多用以藏机密文件或诗稿。因此，与锦囊一起流传千古的有两个词，一个是“锦囊妙计”，一个是“锦囊佳句”。

“锦囊妙计”是指智者把对付敌方的神机妙策放在锦囊里，以便当事人在紧急时拆阅。《三国演义》里，周瑜听说刘备的甘夫人刚刚去世，就设计要将孙权的妹妹许配给刘备，让刘备到东吴入赘，到时将他幽囚狱中，并用他换取荆州。周瑜的如意算盘却被诸葛亮全盘料中，诸葛亮将应对计策放入了锦囊之中。后来赵云拆开锦囊，依计而行，保刘备成亲，并携新夫人安全返回荆州，使得周瑜的计谋化为泡影。

在《三国演义》第一百零五回里，锦囊又出现了一次，“武侯预伏锦囊计，魏主拆取承露盘”。诸葛亮预测自己去世之后魏延会造反，因此，他为平定魏延的反叛而留下了锦囊妙计。

这锦囊妙计的背后，是羽扇纶巾、谈笑间轻易便制敌的智者。山穷水尽之时，锦囊妙计总能出奇制胜，扭转乾坤。

而锦囊里除了那智者运筹帷幄的妙计，还有诗人呕心沥血的诗词。

李商隐在《李长吉小传》中有这样一段记载：“每旦日与诸公游，未尝得题然后为诗……恒从小奚奴，骑距驉，背一破锦囊，遇有所得，即书投囊中。”唐代著名诗人李贺非常注意写作素材的搜集，他常常骑着一匹瘦马，带着家中的书童，到广大的世界里漫游，边走，边观察，边思索，一旦有灵感的火花迸现，他就赶紧把那些稍纵即逝的灵感记下，投进书童所背的锦囊之中。回到家里，连饭也不吃，就先从锦囊之中取出断章零句，将它们写成一篇篇闪烁着璀璨之光的诗歌。他的不少名作就是这样写成的。

他母亲看到这种情况，又是心疼又是欣慰地说道：“唉，看来这傻孩子写诗一定要把心呕出来才甘心啊！”而李贺，也如杜鹃啼血，在最绚烂的年华如流星划过天际，悄然陨落，令人叹惋不已。

后来宋代诗人苏舜钦以此为典作诗《送王杨庭著作宰巫山》：“落笔多佳句，时应满锦囊。”

雨巷油纸伞

我到乌镇旅游的时候，见一窈窕女子，眉目清淡，身穿白色旗袍，撑一把丁香色的油纸伞，款款走在清凉的石板路上，仿佛是戴望舒诗中走出的那个结着愁怨的姑娘。

锯竹、刮青、平头、劈骨、锯槽、削骨、排伞骨、穿伞、糊伞、装柄，在伞纸上画上花鸟、人物、山水……一把油纸伞便娉婷地挺立了起来，氤氲开一个又一个烟雨朦胧的故事。

那白娘子和许仙在西湖微雨中初遇，一把油纸伞联结起了两人的千年情缘。西湖上一叶小舟飘飘荡荡，两人心神缱绻，为这等待了千年的邂逅。

张靓颖唱的《印象西湖雨》也离不了断桥上的一把伞："雨还在下，落满一湖烟。断桥绢伞，黑白了思念。谁在船上，写我的从前。一笔誓言，满纸离散……一笔蝴蝶，满纸离散。我的告别，从没有间断。"

民国才子戴望舒曾经写下了一首《雨巷》：

撑着油纸伞，独自，
彷徨在悠长，悠长，
又寂寥的雨巷，
我希望逢着，
一个丁香一样的，
结着愁怨的姑娘。
她是有，
丁香一样的颜色，
丁香一样的芬芳，
丁香一样的忧愁，
在雨中哀怨，
哀怨又彷徨……
她静默地远了，远了，
到了颓圮的篱墙，
走尽这雨巷……

无可奈何花落去，似曾相识燕归来。那一缕忧伤与惆怅，不绝如缕。

《雨巷》是戴望舒的成名作和代表作。诗歌发表后，戴望舒也因此被人称为“雨巷诗人”。

银灯

银灯与铜灯不同，银灯精致细巧，是贵族尤其是闺房中才有的。铜灯上洋溢的是家居般的温暖，是“一碗读书灯”的静谧；而银灯上凝着的，是精致的哀愁与惆怅。

宋代晏小山的词作中，银灯出现的频率很高。晏小山的词中有“银灯一曲太妖娆”“细剔银灯怨漏长”等与银灯有关的忧伤但唯美的诗句。银灯下，才子佳人脉脉情深互诉心曲，无数温柔缱绻，静好了时光。

然而，繁华散场，佳人别离，曾经的宰相公子家道中落，门庭冷落。晏小山只得在梦境中一遍又一遍幻想和心爱之人重遇时的温馨与惊喜。“两鬓可怜青，只为相思老。”那些怀念佳人和过往岁月的清丽小令写满了红笺。银灯的光晕勾勒出一个青衫磊落的背影，只是此时，这背影看起来是如此落寞与孤寂。

在晏小山终于重逢心爱女子之时，也会满怀感触地在《鹧鸪天》里写：“从别后，忆相逢，几回魂梦与君同？今宵剩把银釭照，犹恐相逢是梦中。”一别之后，常常会想象相逢的那天。这些年来，在梦中也是时时在和心爱的女子见面。而如今真的再会，忍不住提了银灯细细照着那女子的芙蓉娇面，生怕又是美梦一场。情痴如此，而情真意切，令人动容。

柳永的《斗百花》中也有："与解罗裳，盈盈背立银釭，却道你但先睡。"银灯下的浅笑轻颦自是含了许多温柔缱绻的情意。柳永的词不同于晏小山的清丽脱俗，大多俚俗。但这首词将银灯下的风情与妩媚，刻画得娇俏而生动。

《红楼梦》里蒋玉菡同宝玉呆霸王行酒令唱着："看天河正高，听谯楼鼓敲，剔银灯同入鸳帏悄。"又是另一番风流宛转。

"昨夜小寐，忽疑君到，却是琉璃火，未央天。"回望灯如旧，浅握双手。

心字已成灰

关于心字香的做法，据范石湖《骖鸾录》记载:“番禺人作心字香，用素馨茉莉半开者著净器中，以沉香薄劈层层相间，密封之，日一易，不待花蔫，花过香成。”所谓心字香，就是用香末萦篆成心字的香。

古人风雅之至，连熏香也要弯弯曲曲绕成心字状。心字香渐渐熄灭，仿佛心中那一点微芒也在渐渐黯淡。但是，这种哀愁，却又是清妙的，优美的。

宋代是最有闲情逸致的一个朝代，自然对于心字香也是分外青睐。宋词中心字香出场不少，宋代蒋捷的《一剪梅 · 舟过吴江》词中有:“何日归家洗客袍，银字笙调，心字香烧。”而宋诗中也有提到心字香，宋代杨万里的《谢胡子远郎中惠蒲大韶墨报以龙涎心字香》诗中有:“送似龙涎心字香，为君兴云绕明窗。”

到了清代，纳兰容若这位笔花四照的绝代才子，在失去挚爱之后沉痛地写下了一首《梦江南》:“昏鸦尽，小立恨因谁？急雪乍翻香阁絮，轻风吹到胆瓶梅，心字已成灰。”

结句一语双关。“心字已成灰”既是实景又有深喻，既指心字香已燃尽，也指主人公因爱人逝去而心灰意懒、心如死灰。

林语堂《秋天的况味》中有这么一段苍凉而温厚的话：“大概我所爱的不是晚秋，是初秋，那时暄气初消，月正圆，蟹正肥，桂花皎洁，也未陷入懔烈萧瑟气态，这是最值得赏乐的。那时的温和，如我烟上的红灰，只是一股熏熟的温香罢了。”

那一点一点的香渐渐燃尽，空余袅袅芬芳在空气中沉浮。像是零落成泥的心事，有惆怅缓缓漫开，终于消失不见。

梦为同心结

同心结，是旖旎清美极了的名字。我对你的爱，丝丝不断，绵绵不绝，细细密密地织进了这千回百转的同心结中，盼能与你共结同心，天长地久。只是，你可知晓?

那古代少女，她们春笋般的手指白皙纤长，缠绞着鲜明的丝线，回环往复，巧妙地织成一个精致的同心结，谁知道其中织进了多少少女缱绻缠绵的小情怀，以及她的玲珑璇玑巧心思。

同心结最初是出现在古老的婚仪上的。据北宋孟元老的《东京梦华录》记载，新娘被迎娶到男家时，两家各出一根彩段绾成同心结，两位新人各执一头，相牵而行，拜谒祖先，然后夫妻对拜。“牵巾”则是以同心结相牵。

婚仪的另一程序“合髻”也要用同心结连接。合髻实际是两位新人各剪下一缕头发，结成同心样式的髻，然后与新娘的花一起，掷于新床下，以青丝系同心。唐代晁采的《子夜歌十八首》第一首便写道：“侬既剪云鬓，郎亦分丝发。觅向无人处，绾作同心结。”孟郊的诗中也有:“始知结衣裳，不如结心肠。”

王实甫的《西厢记》第三本第一折里说:“把花笺锦字，叠做个同心方胜儿。”即是把信笺彩纸折成同心结形。如将腰带结成同心结样式，作为各种腰带的结饰。如韦庄的《清平乐》写女主人公长期望郎而郎不归，独守香闺愁怨思深的心情:“罗带悔结同心，独凭朱栏思深。”再如宋末贾琼之妻韩希孟，在元兵南下时被俘，义不受辱，在衣帛和练裙中写下:“初结合欢带，誓比日月昺；鸳鸯会双飞，比目愿长并……”然后投江而死。

也有将同心结作为配饰:“不知今夜月眉弯，谁佩同心双结倚阑干? ”或把同心结作为束发的带饰，如李商隐的“一带不结心，两股方安髻”。

同心结还可作为房中的装饰，如温庭坚的《更漏子》之四:“垂翠幕，结同心，待郎熏绣衾。”李白的《捣衣篇》中有一个独守空闺思念远征的丈夫的少妇房中，就是如此摆设:“横垂宝幄同心结，半拂琼筵苏合香；琼筵宝幄连枝锦，灯烛荧荧照孤寝。”

床头的同心结是恩爱情深的证物，但一旦爱易情逝，同心结便格外让人难忘，如李白的《去妇辞》:“君恩既断绝，相见何年月。悔倾连理枝，虚作同心结。”同心结同时还常被用作传送情意的信物，如明代邝露的《赤雅》，清代檀萃的《说蛮》中亦有:“五丝同心结，百纽鸳鸯囊。”

梁武帝萧衍是一位风雅的学者，他曾写下一首《有所思》:“谁言生离久，适意与君别。衣上芳犹在，握里书未灭。腰中双绮带，梦为同心结。常恐所思露，瑶华未忍折。”

宋代词人张先写过“心似双丝网，中有千千结”。它描写出了失恋后的女儿思念昔日恋人千回百转的心思。

我曾经到西安旅行，长安古道，桃花盛世，迷醉不知归路。后来见那古城墙上有人卖同心结，映着苍青色的城墙，显得格外醒目。独自擎着那鲜丽的同心结放在手心里静静端详，只觉明艳可喜，四周景物仿佛在渐渐虚化，一下子就倒回了一个古老的场景中去了。

盘扣语心丝

除了同心结，中国结的元素还体现在古典物件的很多方面上，比如盘扣。盘扣又称盘花扣，是古老中国结的一种。

古时候，人们都是用长长的衣带来束缚宽松的衣服，元朝和明朝以后，渐渐地用盘扣来连接衣襟，用布条盘织成各种花样，称为盘花。盘扣的图案富有民族情趣和吉祥意义。

盘扣的花式种类丰富，有模仿动植物的菊花扣、梅花扣、金鱼扣，盘结成文字的吉字扣、寿字扣、囍字扣等。也有几何图形的，如一字扣、波形扣、三角形扣等。盘花分列两边，有对称的，也有不对称的。

《静静的顿河》里有一句话:“人没法子对心下命令。”不是你的理智告诉你，你应该去爱谁，你就会爱上谁。因此，正因为爱情不是理性可以控制的，所以，古今中外爱情中的男女总是甜蜜中带有纠结。看来中国古人早就参透了这一点，便在衣服上结下盘扣。所以，盘扣上优美而又繁复的结构，正如爱情中的男女的百转千回的心思。

最初，盘扣是只在女性服装上作为束衣之用，后来，盘花扣的作用在中国服饰的演化中逐渐改变，有了长袖盘扣、短袖盘扣、对襟盘扣、斜襟盘扣……它不仅仅有连接衣襟的功能，更成为装饰服装的点睛之笔。

一件青花瓷色旗袍的朵朵盘扣，在美人的颈下及胸前开放着，既典雅，又显清纯，令这旗袍瞬间变得生动起来。

在盘扣中，直扣是最简单的盘扣。直扣是用一根襻条编结成球状的扣坨，再用一根对折成扣带。扣坨和扣带缝在衣襟两侧并相对。

极精致的盘扣有蝴蝶盘扣、琵琶盘扣、蓓蕾盘扣、缠丝盘扣、镂花盘扣等。蝴蝶盘扣就像一只蝴蝶趴在衣裳上；琵琶扣则是扣两边形似琵琶；蓓蕾盘扣自然就是盘扣型如一枝含苞的蓓蕾了。除此之外，还有四方扣、花篮扣、树枝扣、双耳扣、树叶扣、蜜蜂扣等。

如今，盘扣不只是用于服装，它作为“中国风”的一个符号，也被用于各种场合，譬如点缀在婚礼请柬之中以及各种家居小物里，更显精巧可爱。

红笺小字

唐代著名女诗人薛涛曾居于成都西郊之浣花溪的百花潭。浣花之人多从事造纸，薛涛觉得那纸幅太大，不便写自己所作的清丽小诗，于是便别出心裁，要工匠将纸做成小小的一张，仅用来写诗，便为诗笺。

薛涛喜欢红色，于是她用胭脂掺水加上云母粉，将裁好的诗笺放入水中制出红色的小彩笺，纸张风干后有松花纹路，如工笔绘上去的一般隽美。这就是著名的薛涛笺。

虽然薛涛笺小巧玲珑，但其颜色、花纹都极为精巧鲜丽。薛涛心思玲珑剔透，她有时还在那本已经明艳照人的红笺上，撒上朵朵小花瓣，压成更精致的花纹，更有阵阵馥郁芬芳自红笺上幽幽散出。

这种小笺曾被薛涛用以写诗，与元稹、白居易、杜牧、刘禹锡等诗友相唱和。在这样的诗笺上题诗，还未落笔，人便已经醺然若醉了，更不用提那收到这诗笺的文人墨客了。

与薛涛诗歌来往最多的，大约是元稹了。薛涛曾经倾心于元稹，元稹风流倜傥、才华横溢，“每一章一句出，无胫而走，疾于珠玉”，他的诗歌广受欢迎，比珠玉转手还快。这样一位俊朗才子，她岂会不动心呢？

热恋时，她甜笑满颊，曾写下这么一首小诗：“双栖绿池上，朝暮共飞还。更忆将雏日，同心莲叶间。”如同初恋的小女孩一般天真痴心。想那时，这位才貌双全的女子，静静地在一张红笺上用簪花小楷一字一句写下满心柔情，笔尖蘸着幽微的莲花香气。

元稹收到此诗，也大为倾倒，在薛涛亲手所制的同样柔媚的红笺上，回了一首旖旎的情诗：“诗篇调态人皆有，细腻风光我独知。月夜咏花怜暗澹，雨朝题柳为欹垂。”相思如同一缕皎洁的月光，洒满了字里行间。

后来世事多变，两人最终未成眷属。元稹离开成都，薛涛恋恋不舍地寄去一张深红小笺。元稹知她心事，在笺上作《寄赠薛涛》一首，托人捎了给她。诗中，元稹深赞她的文才与灵秀，并怅惘地叹道：“别后相思隔烟水，菖蒲花发五云高。”

薛涛也写了首诗赠他，其中有句“长教碧玉藏深处，总向红笺写自随”。红笺中来来往往的情意啊，千回百转，荡气回肠。

薛涛笺本为深红色，后来薛涛又调出十种颜色：深红、粉红、杏红、明黄、深青、浅青、深绿、浅绿、铜绿。这就是所谓的“十样变笺”。可是这十种颜色，最让人心旌摇曳的还是最初的红笺，胭脂一样红的小小纸笺，如同娇艳妩媚的女子，有沉香般的温软气息，只在诗词意境中徜徉，只在花前月下徘徊，只醉心于风花雪月。诗词歌赋，无关于人间烟火，世事苍凉。

晏殊的《清平乐》中有“红笺小字，说尽平生意。鸿雁在云鱼在水，惆怅此情难寄”。在这样精致的红笺上细细地写满端秀小字，字字蕴满深情。仿佛已说尽了一生一世的相思。山也迢迢，路也遥遥。斜阳浸润着，小楼里是橙红的暖色调，于是，回忆也就不那么冰凉。“说尽平生意”，那是倾心相恋的女子，而且，她也必定被晏殊视为终生之知己，所以才会对她“说尽平生意”。

如果现在还有男孩给女孩写信，只淡淡一句“红笺小字，说尽平生意”，我若是那女孩，定会怦然心动。不过这份古典的情怀，于现代人是很稀缺了。

虫声新透绿窗纱

唐代的一个月夜，诗人刘方平在屋中看到窗外星子漫天闪烁，又觉暖意融融，有虫声唧唧从绿窗纱中透了过来，春气袭人，令人情不自禁地欢喜，于是他写下了一首《月夜》:“更深月色半人家，北斗阑干南斗斜。今夜偏知春气暖，虫声新透绿窗纱。”

宋代杨万里初夏睡起，婢女用青瓷碗端来一盘新鲜的梅子，他伸手拈了一个吃了，只觉酸甜可口。踱步走到床边，看窗外的芭蕉绿意盎然，仿佛要从绿窗纱中分得绿意一般，绿得直逼人眼。他禁不住吟了一句“梅子留酸软齿牙，芭蕉分绿与窗纱”。

明代朱继芳看到那客舍旁的刺桐，绿意也是要漫上窗纱来，于是他把这清新可喜的场景记了下来:“刺桐依客舍，晴绿上窗纱”。

清代《红楼梦》中，贾母领着众人在潇湘馆中小坐，贾母因见黛玉窗上纱的颜色旧了，便要王夫人拿出软烟罗来给换上。

贾母说，这个院子里头又没有个桃杏树，这竹子已是绿的，再拿这绿纱糊上反不配，因此配上银红的窗纱。那银红的窗纱又叫作“霞影纱”，如一道轻盈的霞光一般。

那软烟罗入手极轻软，薄如蝉翼，只有四种颜色：一样雨过天青，一样秋香色，一样松绿的，一样就是银红的，若是做了帐子，糊了窗屉，远远地看着，就似烟雾一样，所以叫作“软烟罗”。是极轻极薄的质地。

想着黛玉坐在窗前，或沉思，或流泪，或教鹦鹉念诗“花谢花飞花满天，红消香断有谁怜”……不经意间却是“已教泪洒窗纱湿”。

虽然贾母说潇湘馆中已经是绿意浸人了，再换上绿窗纱不配。可是忍不住想象着潇湘馆后来换了松绿色软烟罗窗纱的情形，那窗纱，可真是薄如雾，软如烟，绰约如诗。

白日里头，阳光斜斜照了进来，秋虫唧唧，可不是虫声新透绿窗纱了？而夜晚，月色清朗，潇湘馆郁郁千竿竹青碧欲滴，那绿意一直要蔓延到绿窗纱上来，蔓延到灵魂中来。

妙手解连环

九连环是古代一种益智类玩具。以金属丝制成九个圆环，将圆环套装在横板或各式框架上，并贯以环柄。把玩时，按照一定的程序反复操作，可使九个圆环分别解开，或合而为一。

据明代杨慎的《丹铅总录》记载，曾以玉石为材料制成两个互贯的圆环，“两环互相贯为一，得其关捩，解之为二，又合而为一”。后来，以铜或铁代替玉石，成为妇女儿童的玩具。

汉代卓文君在给司马相如的信中有“七弦琴无心弹，八行书无可传，九连环从中折断，十里长亭望眼欲穿；百思想，千系念，万般无奈把郎怨……”那玲珑心思的卓文君，对变心的爱侣又爱又怨，她执笔写下这首诗，将从一到万的数字巧妙地嵌入诗中，诉尽了满腹相思和委屈。其中“九”所嵌入的，便是九连环。

周邦彦也留下关于九连环的名句“纵妙手、能解连环”。清代，《红楼梦》中也有林黛玉巧解九连环的记载。

解玉连环的典故要追溯到战国时期。秦国派使者给齐国君王后送来一副玉连环。君王后拿着玉连环向群臣询问如何解开九连环，群臣面面相觑，谁也不知怎么办。君王后决定给秦国一个有力的回击，于是，她亲自拿起锤子，在众目睽睽之下，朝玉连环砸去。玉连环一下碎成了几段，叮叮咚咚掉在地上。这时，她波澜不惊地对秦使说："玉连环已经解开了。"秦使和群臣都是目瞪口呆。君王后一锤打掉了秦国的嚣张气焰。秦国由此知道君王后并非软弱之人。从此，秦国再未对齐国越雷池一步。

一方素帕寄心知

古代少女，无论是大家闺秀还是小家碧玉，都会手持一方素帕。那素帕随身带着，素帕上绣了花，染了色，熏了香，用来拭了清泪，掩了浅笑，浸润了那少女一颦一笑中的所有心事，成为寄托那一缕古典爱情的最佳信物。

明代文学家冯梦龙曾经采集了苏州一带的吴语区域（包括今苏州、湖州和嘉兴等）的民歌小调，编纂了一部《山歌》。《山歌》卷十中有这么一首轻盈明快的小诗："不写情词不写诗，一方素帕寄心知。心知拿了颠倒看，横也丝来竖也丝。这般心事有谁知？"

那女子思念情人，单单寄过来一方素帕，却不附上任何情话。那男子在月下握着那方素帕静静观看。横也丝来竖也丝，"丝"与"思"谐音，意为"横也思来竖也思"，那一方素帕，看来看去，那绵长细密的丝线上，仿佛横横竖竖都写满了相思二字，那是女子晶莹柔婉的一颗心，在月光中越发通透清明。

明代文学家杨慎的夫人黄娥是名门闺秀、出色才女，两人相互欣赏，情投意合。后来杨慎被贬异乡，夫妻天各一方，备受相思煎熬。为了安慰丈夫，黄娥寄来一块素净的手帕。知妻莫若夫，杨慎百感交集，提笔在素帕上写道：“不写情词不写诗，一方素帕寄心知。”

清代的《红楼梦》中有好几个地方都说到了手帕。小红落了一块手帕，后来被贾芸捡到，曹公在此埋下草蛇灰线。据分析，后四十回里，小红和贾芸应该在一起了——那拾得的一枚手帕，就这样定下了两个人的终身。

宝玉也曾郑重其事地赠给黛玉一枚手帕。而这手帕上所寄予的深沉情感，却是让人不得不动容了。

病榻上的宝玉惦记着黛玉，他想了个办法把袭人支走，让心思单纯的晴雯到潇湘馆看看林妹妹。晴雯说，这白眉赤眼地跑过去怎么搭讪呢？宝玉觉得也是，可又实在想不出什么话好说。于是晴雯建议他拿个东西当由头，宝玉想了一想，便顺手捞了两条旧手帕，让晴雯带给林妹妹。晴雯担心道：“万一林姑娘认为你是打趣她，恼了怎么办？”宝玉笑道：“你放心，她自然知道。”

这时，躺在榻上的宝玉定是露出了疲惫但温柔的笑容。他确信，通过这两条旧手帕，黛玉能感知到他心中所有的情意。

一方素帕，虽无文字，但是“横也思来竖也思”呀。又因为是旧的帕子，“旧”同“就”，意即“就是相思”。

晴雯来到潇湘馆，黛玉还以为宝玉是在哪儿得了“上好的”手帕，晴雯说就是两条家中用旧的。黛玉细心揣度，不由心醉神痴，余意缠绵。且喜且忧中，她研墨挥笔，在素帕上写下了《题帕三绝》。她如他所想的一样，很快懂得了他全部的心意。从此二人心意相通，心心相印。

相比之下，小红和贾芸的手帕之恋，是完全功利化的爱情，带着世俗的烙印。而宝黛在那方素帕上寄托的，则是纯粹的灵魂之爱。

静待微风停素扇

武侠小说中，白衣侠士手持折扇，从天而降，然后潇洒地把折扇一挥，轻轻摇摆扇身，显得风流倜傥。古代的男子的确也青睐折扇。

宋代陆游曾写下一首《夜意》:“静待微风停素扇，旋消残酒漱寒泉。”那夜色中乘凉的人们停止摇扇，静静待微风轻轻吹过。人们手中拿着的，不过是简单的素扇。

明代的文徵明则是一派青衫书生的风范，拿着的是青缯扇。他的诗《四月》其中有句:“香篋青缯扇，筠窗白葛衣。抛书寻午枕，新暖梦依微。”

根据制作材料和方法的不同，折扇的命名也不一样。扇骨多而轻细的，叫春扇或者秋扇；以香料涂沫扇面的，叫香扇；可以藏在靴子中，以备行旅途中使用的，叫靴扇。

更有一种以各色漏地纱为扇面，可以隔扇窥人的，叫瞧郎扇。这大约便是特别制作给腼腆羞涩的大家闺秀的，可以隔着扇儿偷偷地去看意中人了。犹抱琵琶半遮面，却又多了几分娇羞妩媚。

折扇选用的材料极其穷巧。扇骨有用象牙的、玳瑁的、檀香的、沉香的、棕竹的，以及各种木料的。工艺则有螺钿的、雕漆的、漆上洒金的、退光洋漆的……还有镂空边骨，内藏极细小三十二张牙牌的。有镂空通身，填满异香的。更有空圆钉铰中藏着极小骰子的……这些折扇的扇骨，都刻有各种花样，别致奇巧。古代的手工艺品真是将精细发挥到了极致。

古人喜欢在折扇上题诗作画，以示风雅。这样，折扇不仅可以用来扇风遮阳，还可以颐养性情，是一件艺术品。《晋书》曾载，大书法家王羲之居住蕺山，遇一卖扇老妪。王羲之惜其扇少人问津，于是取出笔来，笔走龙蛇。老妪看着白扇变墨扇，怕更为难卖。王羲之却劝她不必担心，尽管放心去卖就好。后来，老妪的折扇竟是市人见之，出价十倍争买。

扇面题画，更为人们所喜，题上一幅山水，仿佛折扇一开便有满纸清气缓缓逸出。

扇中有花鸟画和仕女画则显得更旖旎精致，适合大家闺秀。唐代的罗隐曾作过一首《扇上画牡丹》:“为爱红芳满砌阶，教人扇上画将来。叶随彩笔参差长，花逐轻风次第开。闲挂几曾停蛱蝶，频摇不怕落莓苔。根生无地如仙桂，疑是姮娥月里栽。”民国的张中行喜好收藏明清时期、有闺秀小楷的折扇。据说明清的书法扇面，最出众的是女性手迹，有薛素素、黄媛介、叶小鸾等。

我国有好几个古城都以做折扇出名。比如南京，折扇是南京著名的传统地方产品之一。明清时期，每当科举大比之年，来南京参加科举的士子都要选购一些折扇，待科考结束时带回。他们闲暇时在其上钤印题诗作画，或自行收藏。

轻罗小扇扑流萤

团扇又称宫扇、纨扇。扇子最早出现在商代，用五光十色的野鸡毛制成，称之为“障扇”。最初扇子不是用来扇风取凉，而是作为帝王外出巡视时遮阳挡风避沙之用。

西汉以后，扇子开始用来取凉。东汉时，大都改羽扇为丝、绢、绫罗之类的织品，以便点缀绣画。一轮明月形的扇子称为“纨扇”或“团扇”，也叫“合欢扇”。

当时扇子有长圆、扁圆、葵花、梅花、六角之形，亦有木、竹、骨等材之柄，还有扇坠、流苏、玉器之饰。《杖扇新录》载：近世通用素绢，两面绷之，或泥金、瓷青、湖色，有月圆、腰圆、六角诸式，皆倩名人书画，柄用梅烙、湘妃、棕竹，亦有洋漆、象牙之类。名为“团扇”。

团扇一般是和仕女联系在一起的。清丽的仕女手中持一把皎洁如明月的团扇，自然更添妩媚，犹如蔷薇。而古典女子视人，用团扇悄悄遮了半脸，只露出一双秋水般明净的眸子，恰如倚风含露的一栏芍药，满是含羞的风情。

东汉班婕妤自伤身世，以团扇自比，作下《团扇诗》："新裂齐纨素，鲜洁如霜雪。裁为合欢扇，团团似明月。出入君怀袖，动摇微风发。常恐秋节至，凉飙夺炎热。弃捐箧笥中，恩情中道绝。"

团扇上也绘有精美的图画。不过团扇一般在扇面画上仕女图，以显示婉约隽秀的女性气息，更适合女子使用。班婕妤曾作《团扇歌》："团扇复团扇，奉君清暑殿。秋风入庭树，从此不相见。上有乘鸾女，苍苍虫网遍。明年入怀袖，别是机中练。"

王昌龄《长信愁》诗："奉帚平明秋殿开，且将团扇共徘徊"。宋代周邦彦的《过秦楼》中有："闲依露井，笑扑流萤，惹破画罗轻扇。"姚纶作有《团扇仕女》："浓黛消香淡两蛾，花阴试步学凌波。专房自倚倾城色，不怕凉风到扇罗。"

杜牧的《秋夕》虽然是寂寞忧伤之景，但诗人的瑰丽妙笔给这首诗浸润了一种空灵而通透的美感："银烛秋光冷画屏，轻罗小扇扑流萤。天阶夜色凉如水，坐看牵牛织女星。"

千百年后，台湾诗人余光中的一首《星之葬》，又一次想象了那深宫中寂寞地挥着轻罗小扇的宫女："浅蓝色的夜溢进窗来，夏斟得太满，萤火虫的小宫灯做着梦，梦见唐宫，梦见追逐的轻罗小扇。"

执扇女子的形象，最早被唐寅画入《秋风纨扇图》。我在南京旅游时也买了几把小巧玲珑的团扇，扇面上画的都是古典美人。有一柄是貂蝉拜月，有一柄是黛玉持书，有一柄是清照抚琴。那团扇上的画清妙优美，让人视之便不觉进入了一个古典的意境之中。

水晶双鱼扇坠

扇坠是系于扇柄之饰物。扇坠主要用于团扇，近现代折扇只有秋扇和戏用扇才系扇坠。但明朝或更早时期，折扇也用扇坠。扇坠用丝线细细串合系于扇柄，可以打上璎珞，显得十分别致。

古人从商周时期就开始使用扇子了。为了追求美观，人们便在纸扇面上作画题诗，扇子上面的饰物也多了起来，其中以扇坠最为精美。

纸扇上的扇坠既可作为一种装饰，又可用来表明身份。扇坠一般用玉、珊瑚、玛瑙、象牙等雕成，小巧精致，以便在纸扇下悬挂和随身携带。扇坠雕刻得都颇为精细。“莫解玉连环，怕作飞花坠”就是描写的玉做的扇坠。

华丽精致的扇坠常常在工艺或价值方面要超过它所装饰的扇子，无意中“喧宾夺主”，以至于后来成为专项收藏的一个品类。

明代文震亨在《长物志》中谈到扇坠的用料，“扇坠宜用迦南、沉香为之，或汉玉小块及琥珀眼掠皆可。香串、缅茄之属，断不可用”。

明代朱国祯的《涌幢小品》记载:“世庙（嘉靖）初年，勋辅诸臣同游。赐画扇，有木刻海榴夔坠子。可汁许，穴其腹。藏象刻物件凡一百件，亦天下绝巧也。”可见到明代中期，扇坠已作为时尚玩物进入宫廷，成为御赐之品。

扇坠亦是朋友和恋人之间相赠的信物。《红楼梦》第一回中：“这块鲜莹明洁的石头，且又缩成扇坠一般，甚属可爱。”《红楼梦》中宝玉初见蒋玉菡，心中喜爱，便解下了自己的扇坠相赠。《剪灯新话·渭塘奇遇记》：“女以紫金碧甸指环赠生，生解水晶双鱼扇坠酬之。”

首饰盒中的女儿心

在古典典籍的描述中，闺秀们都有一个精致的首饰盒。一般是沉香木或者核桃木做成的，外部雕花刻镂，内部则放着各种巧夺天工的发饰，如笄、簪、钗、步摇、凤冠、华盛、发钿等。

想象着，那古代少女在一个阴郁的雨天，独自在闺房中缓缓打开首饰盒，立刻明亮耀眼，心情也跟着明亮起来。“懒起画蛾眉，弄妆梳洗迟。照花前后镜，花面交相映。”

《孔雀东南飞》的刘兰芝细细装扮之后光彩照人，“足下蹑丝履，头上玳瑁光，腰若流纨素，耳著明月珰。指如削葱根，口如含朱丹，纤纤作细步，精妙世无双。”司马光的《西江月》中有一句“宝髻松松挽就，铅华淡淡妆成”。打开首饰盒，那些首饰温润如一缕月光，好像有魔法一样，惊艳着每一个旧时闺秀的青春。

我曾经去过湖南省博物馆，有幸看到了辛追夫人的首饰盒。那是一个大的漆盒，叫作彩绘双层九子漆奁。两千多年前的汉代美女对首饰的重视完全不下于今人，那光洁发亮的漆盒里还放着七八个小漆盒，圆的、方的都有，历经两千多年，依然保存完好、色彩如新。盒外的装饰图案线条优美，细若游丝。

时光再往前追溯，商代的著名美女，商王武丁的王后妇好，是我国有文字记载的第一位女将军。妇好也爱美，她在嫁给武丁之后仍喜欢摆弄骨刻刀、铜镜、骨笄、玛瑙珠等许多别致的女性饰品，以及大石蝉、小石壶、石垒等弄器。她的首饰盒虽然在文物中没有找到，但能盛放下这么多弄器，一定也是颇大的。不过，再大的首饰盒，装下的，也是旖旎的小女儿心思。

更不用提明清时候那些贵族少女深闺中的首饰盒了。《红楼梦》中宝玉便亲自为平儿理妆。平儿本是聪明清俊的女孩儿，这日受了委屈，刚刚止住了哭泣，宝玉连忙揭开一个宣窑的瓷盒，里面盛着一排十根玉簪花样的化妆棒，是紫茉莉花种子，研碎了兑上香料制的。平儿看这胭脂也不是成张的，而是放在一个小小的白玉盒子里像玫瑰膏子一样，原来这是上等的胭脂压出汁子来，再去了渣滓，配上花露做的。平儿依言妆毕，果然鲜艳异常，且甜香满颊。在这装扮的过程中，平儿的委屈愤懑便被温柔地慰藉了。

首饰盒里的妆扮是少女们宠爱自己的方式。

这样的首饰盒，其实现代女生也有。少年时，首饰盒里装满了纯净的心事与所有年少的情怀。有小贝壳与小海螺，装着折纸星星的小玻璃瓶，扎头发的彩色发卡，等等。

后来，首饰盒里的饰物就渐渐丰富起来。各式各样的小耳环，圆润的珍珠耳环、带流苏的小坠子耳环、活泼的小鸟耳环、带民族风味的细银耳环……还有用来配衣服的铁蝴蝶项链、梅花坠项链、蓝石头项链……

每次一打开首饰盒，心中就会变得温柔宁静。

那精美雅致的首饰盒，是属于中国女子独有的古典情怀。

只觉时光温润，岁月不老。

柔美温静胭脂盒

胭脂盒，是古代女子用来放胭脂、香粉的小巧精致的盒子，是跟首饰盒一般沉静旖旎的闺房之物，散发着只属于闺房的幽幽沉香。

我们在古装电视剧里也经常看到这样的场景：明眸皓齿的女子轻轻打开精致华丽的胭脂盒，从盒子里取出一张深红色的胭脂片，然后用樱唇轻轻抿住胭脂片，铜镜之中，女子的唇色便娇艳起来。

汉代开始出现专门用来盛放胭脂水粉的玉石、琉璃胭脂盒，这时的胭脂盒主要是贵族女子专用，样式古朴优美，纹饰精美。汉代除了羊脂玉胭脂盒、和田青玉胭脂盒、刻花玛瑙胭脂盒等外，还有铜做的胭脂盒。

到了唐代，大唐女子华贵雍容，明艳照人，对胭脂水粉的讲究也更高，于是，胭脂盒的材质和制作工艺自然更加受到重视，鎏金、错银、珠玉、螺钿，各有各的精致，各有各的风格。

五代十国后期，宋太祖赵匡胤攻占金陵，灭了南唐，李后主投降。陈志岁的《李后主》诗曰：“只被秋波决倒山，较看春水失涛澜。宋军徙取胭脂盒，即刻金陵龙不蟠。”这里的胭脂盒代指的是后宫佳丽。李后主在深宫中长于妇人之手，成年后也只醉心后宫风月，流连于胭脂水粉之间，终于导致国灭。

到了宋代，瓷器工艺极其繁荣，胭脂盒更多的是用细瓷制作，淡雅清秀，温文尔雅。如出土的宋代耀州窑老瓷青釉刻花胭脂盒，令人怀想宋代女子淡扫蛾眉的贞静淑文。扬之水的《终朝采蓝》中有载："抚琴、调香、赏花、观画、弈棋、烹茶、听风、饮酒、观瀑、采菊，诗歌和绘画携手传播着宋人躬身实践和付诸想象的种种生活情趣。"宋代这种优雅裕静的生活，也氤氲在胭脂盒制作的风雅精细上。

明清胭脂盒更是胭脂盒发展历史的巅峰。《红楼梦》第四十四回中，"喜出望外"宝玉为平儿理妆，用的是自己精心调制的胭脂香粉，其中盛放"香粉花棒"的是"宣窑瓷盒"，盛放"胭脂膏子"的是"白玉盒子"。据说"白玉盒子"当为羊脂白和田玉，入手温润细腻。"宣窑瓷盒"则是明代宣德窑瓷器的简称，代表着明代官窑瓷器的最高水平。

我曾在博物馆里见过清代乾隆银鎏金花丝镶宝缠枝莲纹胭脂盒，银胎鎏金，外以花丝工艺做底，上有缠枝莲，间缀珊瑚、绿松及白玉花片为饰，精致得叫人吃惊。

胭脂盒上面的纹饰图案是根据器物的大小，以及使用者的情趣喜好而设定的，如花卉、飞禽、风景、人物、游鱼等，还有一些传统的诸如"和合二仙""喜上眉梢"之类的吉祥图案。

现代女子几乎不用胭脂，因此胭脂盒也差不多绝迹了。偶尔在长辈处见得一个胭脂盒的老物件，便悠然沉浸到一个古老典雅的年代中去了。

满庭芳

宋词中有个特别旖旎的词牌，叫“满庭芳”。

“满庭芳”这个词牌出自唐诗，有两个来处。一说来自吴融的“满庭芳草易黄昏”，另一说来自柳宗元的“风窗疏竹响，露井寒松滴。偶地即安居，满庭芳草积”。

满庭花草，满心芬芳。

古人的诗词中，总有个小小的庭院，那庭院里，或有修竹松树，或有花草芬芳，或有秋千摇曳，可观雪、听雨、赏月、下棋、喝茶、吟诗。那庭院里总是充满了精致的惆怅与淡淡的哀愁。鸳鸯春梦初惊时，就于闲花深院静听啼莺。

杏花微雨江南那深深庭院里，锁进的是幽深的闺怨。空对庭院，任春光烂漫。泪眼问花花不语，乱红飞过秋千去。

刘方平的《春怨》中，这幽怨变得空灵而雅洁：纱窗日落渐黄昏，金屋无人见泪痕。寂寞空庭春欲晚，梨花满地不开门。黄昏中的夕照，梨花零落了满地，只有寂寞的忧伤在淡淡萦回。

南宋陈亮也写有一首极其旖旎的《虞美人》:“东风荡漾轻云缕，时送萧萧雨。水边台榭燕新归，一口香泥，湿带落花飞。海棠糁径铺香绣，依旧成春瘦。黄昏庭院柳啼鸦，记得那人，和月折梨花。”

我喜欢最后一句：记得那人，和月折梨花。

在暮春风雨中，于黄昏的庭院里，那皎洁月光下摘下一枝洁白雅致的梨花的人，是有着怎样温润如玉的情怀呢?

忧伤和惆怅却是如此轻盈，仿佛羽毛般可以托在掌心，轻轻一吹，便失了痕迹。

《红楼梦》中的大观园就是一个美好的庭院群，也是寄托了曹雪芹所有人生理想和社会理想的清净之境。那些庭院有着风雅至极的名字：怡红院、潇湘馆、蘅芜院、秋爽斋、稻香村、栊翠庵、凹晶溪馆、凸碧山庄、暖香坞、芦雪亭、缀锦楼、红香圃、花溆、曲径通幽、沁芳亭、大观楼、滴翠亭、紫菱洲……只叹是，良辰美景奈何天，赏心乐事何家院?

这样的庭院是独属于一种古典的诗词意境，是不受人打搅的。张爱玲曾说过这样一句话：“在没有人与人交接的场合，我充满了生命的欢愉。”

心有戚戚兮。

一剪梅

中国画里，梅画最多。我幼时学国画，画得最多的就是梅枝上栖息着两只喜鹊，挑着一轮皎皎的明月，取名为“喜上眉梢”。

南朝诗人陆凯率兵南征度梅岭时，正值梅花怒放，他立马北望，想起了远在陇头的好友范晔，于是折下一枝带着早春气息的梅花，并赋诗一首，让梅花带去自己的祝福与思念:“折梅逢驿使，寄与陇头人。江南无所有，聊赠一枝春。”

朴朴素素，却蕴含了说不尽的温馨隽永之意。而朋友间的情意，全在这“一枝春”中，无须更多话语。

梅花自古便有“霜雪美人”的意象，柳宗元的《龙城录》中写道:“隋开皇中，赵师雄迁罗浮。一日，天寒日暮，在醉醒间，因憩仆车于松林间酒肆旁舍。见一女人，淡妆素服，出迓师雄。时已昏黑，残雪对月色微明，师雄喜之，与之语，但觉芳香袭人，语言极清丽。因与之扣酒家门，得数杯，相与饮。少顷，有一绿衣童来，笑歌戏舞，亦自可观。顷醉寝，师雄亦懵然，但觉风寒相袭。久之，时东方已白。

师雄起视，乃在大梅树下，上有翠羽啾嘈相顾，月落参横，但惆怅而尔。”

这里说的是隋朝开皇年间，赵师雄夜里梦见与一位淡淡妆、装束也朴素的女子一起对着月色和残雪饮酒。只觉这位女子芳香袭人，言语也清丽，饮了几杯之后，又来了一位绿衣童子，在一旁欢歌笑舞。天将发亮时，赵师雄醒来，却发现自己睡在一棵大梅花树下，树上有翠鸟在欢唱。原来梦中的女子就是梅花树，绿衣童子就是翠鸟。这时，月亮已经落下，天上的星星也已横斜，赵师雄独自一人在梅花树下惆怅不已。

正因为这个故事，梅花又有个别称为“罗浮”。

梅花在宋代备受人们喜爱。北宋的林逋隐居孤山种梅养鹤，号称“梅妻鹤子”，并写下了“疏影横斜水清浅，暗香浮动月黄昏”的千古名句。到了南宋，诗人范成大著《范村梅谱》，称梅花为天下尤物，说经营园林，首先要种梅树，愈多愈好，其他花木无关轻重。范成大的《范村梅谱》是关于梅花最早也是唯一的记录。

宋词中有个轻巧柔美的词牌名，就叫《一剪梅》，它最早见于北宋周邦彦的自度曲：“一剪梅花万样娇，斜插梅枝，略点眉梢。轻盈微笑舞低回，何事尊前，拍手相招。 夜渐寒深酒渐消，袖里时闻，玉钏轻敲。城头谁恁促残更，银漏何如，且慢明朝。”

丁香结

丁香花并不艳丽，却芬芳雅致，古人在书房或者花园种植丁香，是为了保持神气的清宁、安定与自然。

在宋代，据说还有一种叫作“丁香”的毛笔，有个叫张遇的人以制丁香笔为人所知。黄庭坚说：“张遇丁香笔，捻心极圆，束颉有力。”笔名叫丁香，执笔之时，想着笔端当蘸有幽芳，下笔就更有如神助了。

当代作家宗璞的居所外种着三棵白色的丁香树，“每到春来，伏案时抬头便看见檐前积雪。雪色映进窗来，香气直透毫端。人也似乎轻灵的多，不那么混浊笨拙了”。她看到，那十字小白花，那样小，却不显得单薄。“许多小花形成一簇，许多簇花开满一树，遮掩着我的窗，照耀着我的文思和梦想。”有一天，她望着窗外，看见丁香枝头上一柄小小的花蕾，豁然开朗。

丁香也是夏季开放的花儿，细小的十字小白花、紫花、黄花，一簇一簇的。小小的花苞，圆圆的，鼓鼓的，恰似衣襟上的盘花扣，这就是“丁香结”。

自唐宋以来，以丁香花含苞未放比喻愁思郁结难以排解。赵长卿写“丁香枝上千千结，怨惹相思切”。柳永有“要识愁肠，但看丁香树，渐结尽春梢”。毛文锡有“偏怨别，是芳节，庭下丁香千千结”。宋代钱惟演的《无题》诗中有:“合欢不验丁香结，只得凄凉对烛房。”唐诗人陆龟蒙作有《丁香》诗:“殷勤解却丁香结，纵放繁枝散诞春。”这些诗句都是以丁香暗喻相思，抒发内心萦绕不绝的情感。

南宋王十朋写过一篇《点绛唇·素香丁香》：落木萧萧，琉璃叶下琼葩吐。素香柔树，雅称幽人趣。无意争先，梅蕊休相妒。含春雨，结愁千绪。似忆江南主。”

词题则点明丁香是一缕素香，极淡极静，如同一名文雅娴静的女子。它无意与梅蕊争先，而是有一种与众不同的幽人志向。春雨中，丁香含愁而立，似在思念故主。

清代陈至言有一天在自家的庭院中漫步小院之东，几树如同琼瑶般的丁香亭亭而立，像是素雅女子依傍着帘栊，娇羞默默。那已经开放的丁香花如一串串玲珑的雪；微风吹动花瓣，发出簌簌的声音，带来幽香阵阵。那素雅的丁香花就像刚刚打开梳妆匣，轻轻敷上淡粉的姑娘，又像细细打扮之后容光焕发的美女，最可爱的是千万丁香花结一朝灿烂开放，恍若美玉生晕。于是他写下了一篇《咏白丁香花》,“冷垂串串玲珑雪，香送幽幽露簌风”，以喜悦之心，写寻常之景，如工笔画一般细细描摹丁香素净雅致之美。花香在畔，岁月静好。

王国维怀念他早逝的妻子，虽知相思无益，却难遣难弃，梦中见到了那个心心念念之人。醒来之后，梦中楼台明明灭灭还隐约可见。

抬头看西窗上月色如洗，庭院中丁香如雪。“西窗白，纷纷凉月，一院丁香雪”的意境，悲凉，却通透，将孤寂惆怅融于凉月丁香之中，情景交融，余韵悠长。

那神秘、忧郁的女子是诗人的理想的化身，也是美的凝聚体，她同时具备了灵性与神性。像梦一样地来，又像梦一样地走了，徒留芬芳弥漫。

爱情与梦想，求而不得时是最美丽的。

也许每个男子心里都会有一个丁香花一般的女子，是年少的牵挂，是今生的眷恋，柔弱、温柔、美丽，却已遥不可及。

采菊东篱下

晋代陶渊明一生爱菊成痴，把酒赏菊，民间更将陶渊明奉为“九月花神”。龚自珍《杂诗》云：“陶潜酷似卧龙豪，万古浔阳松菊高。”

陶渊明四十一岁归田园所作的《归去来兮辞》，其中令人欣慰的是“松菊犹存”，白天，他“引壶觞以自酌，眄庭柯以怡颜”，在“景翳翳以将入”的傍晚，也还在“抚孤松而盘桓”。陶渊明在《饮酒》之七中又写道：“秋菊有佳色，裛露掇其英。泛此忘忧物，远我遗世情。”

我极喜欢“人淡如菊”这个词，仿佛能看到一个清瘦的素衣少女伫立在秋风之中，身畔是数枝黄菊，神色淡淡，却是秀雅难言。

“人淡如菊”这个词出自唐代司空图的《二十四诗品》中的《典雅》：“玉壶买春，赏雨茅屋，坐中佳士，左右修竹，白云初晴，幽鸟相逐，眠琴绿荫，上有飞瀑。落花无言，人淡如菊，书之岁华，其曰可读。”

落花无言，人淡如菊。读到这样的句子，再浮躁的心也会瞬时安静下来。古人诗品词论，也写得美不胜收。

宋代苏东坡的《赠刘景文》中也赞菊花之风骨：“荷尽已无擎雨盖，

菊残犹有傲霜枝。”更爱他后两句，明丽澄澈，极觉清爽：“一年好景君须记，最是橙黄橘绿时。”李清照的《醉花阴》中也有写菊之句：“东篱把酒黄昏后，有暗香盈袖。”轻盈惆怅的相思，融进这黄昏中东篱菊花的暗香之中。

红楼梦中开诗社，以菊为题，佳句极多，如“空篱旧圃秋无迹，瘦月清霜梦有知”“萧疏篱畔科头坐，清冷香中抱膝吟”“隔座香分三径露，抛书人对一枝秋”等。而黛玉力压群芳《咏菊》第一，《问菊》第二，《菊梦》第三，题目新，诗也新，立意更新。黛玉之所以夺冠菊花诗，也是因为她的气质、风格与菊花隐隐的相契。

林徽因曾经说：“真正的平静，不是避开车马喧嚣，而是在心中修篱种菊。”十六岁的她，被父亲带出国门，来到了欧洲。书香门第，穿着古典的旗袍静静徜徉在剑桥的绿茵之上，古老学府的智慧之泉浸润得她充满灵气的双目愈发冰清玉洁。像是一朵倔强的，美丽的，在风中轻轻摇曳，在星光下闪烁的小雏菊。后来她长大了，拥有了不平凡的人生。

原是今朝斗草赢

斗草，又叫斗百草，南北朝时即有此俗。南朝梁宗懔的《荆楚岁时记》云:“五月五日，四民并踏百草，又有斗百草之戏。”斗草原为端午之娱乐习俗，后来并不拘束于某日，每逢春夏时节、清明前后，妇女或儿童便相聚以此为戏，以阴历五月初五最盛。

晏殊有词《破阵子》:“燕子来时新社，梨花落后清明。池上碧苔三四点，叶底黄鹂一两声，日长飞絮轻。巧笑东邻女伴，采桑径里逢迎。疑怪昨宵春梦好，原是今朝斗草赢，笑从双脸生。”这就是写斗草的一首清新可喜的小词。

女孩巧遇了邻居女伴，只见她笑生双颊。她说，怪不得昨天做了个美梦，原来是预示着今天斗草会赢。

《红楼梦》中也有斗草的描写。在第六十二回里，小螺和香菱、芳官、蕊官、藕官、荳官等人，满园玩了一回，大家采了些花草来，兜着坐在花草堆里斗草。这一个说“我有观音柳”，那一个说“我有罗汉松”，那一个又说“我有君子竹”，这一个又说“我有美人蕉”，这个又说“我有星星翠”，那个又说“我有月月红”，这个又说“我有牡丹亭上的牡丹花”，那个又说“我有琵琶记里的枇杷果”。芳官便说：“我有姐妹花。”众人没了。香菱便说：“我有夫妻蕙。”有人说：“从没听见有个夫妻蕙。”香菱道：“一个剪儿一个花儿叫作‘兰’，一个剪儿几个花儿叫作‘蕙’。上下结花的为‘兄弟蕙’，并头结花的为‘夫妻蕙’。我这枝并头的，怎么不是夫妻蕙？”芳官没的说了，便起身笑道：“依你说，要是这两枝一大一小，就是‘老子儿子蕙’了？若是两枝背面开的，就是‘仇人蕙’了？你汉子去了大半年，你想他了，便拉扯着蕙上也有了夫妻了，好不害臊！”香菱听了，红了脸，忙要起身拧他……

这一段“香菱斗草”写的便是香菱、芳官等活泼伶俐的小丫头们在大观园中斗草的场景。

斗草有两种玩法，一是武斗，二是文斗。武斗指两人各自选择有韧度的草，相互交叉后用力拉扯，草茎被扯断的一方算输；文斗则是对花草名，文人仕女们采来百草，一人持草报名，其余人需挑出合适的草应对，《红楼梦》中的“香菱斗草”说的便是此类。

李清照曾写过一首《浣溪沙》，其中有句“海燕未来人斗草，江梅已过柳生绵”。每逢斗草时节，小儿女总是玩得不亦乐乎，更显春意盎然，一派生机。清照出游时自然也见到了那生动活泼的场景，但已经经历沧桑巨变的她那时已经无心去理会。

木樨清露

天然的香花香草在古代备受喜爱，如桂花、茉莉、蔷薇等，薄荷的叶，以及香橼、佛手、木瓜等清香的果实，都成为古代女子闺阁生活中一日不可或缺的角色。

南朝梁简文帝《眼明囊赋》序中写道:“俗之妇人，八月旦，多以锦翠珠宝为眼明囊，因竞凌晨取露以拭目。”这便是眼明囊之俗，农历八月初一凌晨，妇女以彩帛之囊细细收集树木花草上的露水，相传以此洗眼能使人一年之内保持目明。后来眼明囊便转化为承露囊。

古代女子常在口中含香料制品，令唇齿生香。到了明代以后，最讲究的“口香”是一种香茶饼子，用嫩茶叶连同麝香、檀香、龙脑等多种贵重香料，以及桂花等香花，调上甘草膏、糯米糊，做成小饼。最流行的是掺有桂花的“香茶木樨饼”。

《金瓶梅》中，西门庆家使用“茉莉花皂”，这是用捣烂的茉莉花或茉莉花露调配而成的皂；清宫中的后妃们则使用宫内御方特制的玫瑰皂，是用玫瑰花、玫瑰露为配料制成。

清代赵学敏在他的《本草纲目拾遗·水部》中，就载录了金银露、薄荷露、玫瑰露、桂花露等二十二种药露。

《本草纲目拾遗》记载：“凡物之有质者皆可取露。露乃物质之精华，其法始于大西洋。传入中国，大则用甑，小则用壶。”又说：“桂花露：桂花蒸取，气香，味微苦，明目疏肝，止口臭。”

清人李渔就提倡，女性在洗面、浴身之后，用一些花露匀拍在面上、身上，“此香此味，妙在似花非花，是露非露，有其芬芳而无其气息，是以为佳”。

清代董小宛则调制出“花汁糖露”，这是一种用糖腌制出来的可以喝的花露，奇香扑鼻，甜美可人：“酿饴为露，和以盐梅，凡有色香花蕊，皆于初放时采渍之，经年香味、颜色不变，红鲜如摘。而花汁融液露中，入口喷鼻，奇香异艳，非复恒有。最娇者为秋海棠露，海棠无香，此独露凝香发。又俗名断肠草，以为不食，而味美独冠诸花。次则梅英、野蔷薇、玫瑰、丹桂、甘菊之属。至橙黄、橘红、佛手、香橼，去白、缕丝，色味更胜。酒后出数十种，五色浮动白瓷中，解酲消渴，金茎仙掌，难与争胜也”。

《红楼梦》中的大观园也是个花木葱茏、芬芳满园的地方。第五十六回里，李纨忙笑道：“蘅芜院更利害。如今香料铺并大市大庙卖的各处香料香草儿，都不是这些东西！算起来比别的利息更大。怡红院别说别的，单只说春夏天一季玫瑰花，共下多少花；还有一带篱笆上蔷薇、月季、宝相、金银藤，单这没要紧的草花，干了卖到茶叶铺药铺去，也值几个钱。”大观园的香花香草，不仅女儿们自己用，还可以卖出园外去。

《红楼梦》中还提到王夫人给宝玉一瓶玫瑰清露与一瓶木樨清露。木樨清露实为桂花香露。木樨就是桂花，是因其质“纹理如樨”，古名就叫木樨。

风过蔷薇香

蔷薇如同绝色女子，比玫瑰又多了几分山野灵气。

南朝梁柳恽《咏蔷薇》是一首轻盈可爱的小诗：“当户种蔷薇，枝叶太葳蕤，不摇香已乱，无风花自飞。”仿佛眼前出现了花飞满天、摇曳生姿，香飘于衣的缤纷明丽之景。

唐韩愈的《题于宾客庄》诗：“榆荚车前盖地皮，蔷薇蘸水笋穿篱。”明代顾璘曾歌咏曰：“百丈蔷薇枝，缭绕成洞房。蜜叶翠帷重，浓花红锦张。张著玉局棋，遣此朱夏长。香云落衣袂，一月留余香。”这些诗句都是赞蔷薇之风姿，柔桡轻曼，妩媚纤弱，脉脉眼中波，盈盈花盛处。

孟郊见那蔷薇开得浓艳，忍不住想邀人共赏，他在《邀人赏蔷薇》中写道：“醉红不自力，狂艳如索扶。”那美丽的蔷薇啊，如同一个因不胜酒力而双颊晕红、柔弱无力的女子，却更是美得惊人，因力不自胜而求人搀扶，姿态娇柔迷人。蔷薇花红而枝柔，根据这一特征，诗人想象她是一个不胜酒力的美女，活泼、生动而明艳。

秦观诗中有:“一夕轻雷落万丝，霁光浮瓦碧参差。有情芍药含春泪，无力蔷薇卧晓枝。”雨后庭院，霁光浮动，碧瓦晶莹，芍药带雨，如同含泪美人脉脉含情，蔷薇静卧枝蔓，柔弱无力，娇艳妩媚，令人顿生怜香惜玉之感。这首诗因格外细腻精美、清丽婉转，故被戏称为“女郎诗”。

满园飞舞的蔷薇花瓣中立着一个蔷薇花般忧郁而美丽的少女。在纳兰容若的《海棠春》中也有着类似的场景和意境:“蔷薇影暗空凝伫。任碧飐，轻衫萦住。惊起早栖鸦，飞过秋千去。”

在蔷薇中黯然而立，那惆怅也浸透了轻盈的芬芳，有着梦一般的迷蒙美感。

只恐夜深花睡去

海棠在春季开花，花瓣有单瓣也有重瓣，花色有大红、粉红、白色等。海棠开花时花朵繁密，色彩艳丽，因此被人们称为“花中神仙”。

唐人李绅的《海棠诗》中有句云：“海边奇树生奇彩，知是仙山取得栽。琼蕊籍中闻阆苑，紫芝图上见蓬莱。”中国传统园林中，海棠花常常与玉兰、牡丹、桂花一起种植，寓意“玉棠富贵”。

海棠还素有解语花与睡美人的称号，这两个称号都来自唐明皇对杨贵妃的爱称。《明皇杂录》记载，唐明皇登沉香亭，召太真妃。于时卯醉未醒，命力士使侍儿扶掖而至。妃子醉颜残妆，鬓乱钗横。不能再拜。明皇笑曰：“岂妃子醉，直海棠睡未足耳。”在唐明皇眼里，醉颜酡红的杨贵妃就是一枝娇艳的海棠花。

另五代王仁裕的《开元天宝遗事·解语花》：“明皇秋八月，太液池有千叶白莲。数枝盛开，帝与贵戚宴赏焉，左右皆叹羡。久之，帝指贵妃示于左右曰：‘争如我解语花？’”那亭亭玉立、珍珠般的白莲，也不如海棠花般美艳的杨贵妃。

苏东坡则是反其意，将海棠比作睡去的美人儿。“乌台诗案”大难不死谪居黄州时，苏东坡先是住在定惠院里。定惠院东杂花满山，中有海棠一棵，幽独盛开，人多不惜，公独爱之，其《海棠》诗曰:“东风袅袅泛崇光，香雾空蒙月转廊。只恐夜深花睡去，故烧高烛照红妆。”

薄雾缥缈、月色朦胧、烛光氤氲，海棠越发显得娇艳，如美人春睡未醒。爱花惜花的苏轼顿生怜惜之意，乘夜秉烛，呵护花前。宋代的周紫芝也写“春似酒杯浓，醉得海棠无力”。正是海棠衣香鬓影，扑朔迷离的朦胧美艳。

史湘云写《咏白海棠》诗，文不加点，一挥而就成两首。正如黛玉咏菊要高出众人，是因为黛玉本身的风格气质与菊更为契合，在《红楼梦》中，海棠是湘云的化身，所以湘云这两首海棠诗也最为出色，让众人称赏不已，说是“真不愧开了海棠社”。后来，史湘云抽酒令也抽中了“海棠春睡”。

《红楼梦》第六十二回“憨湘云醉眠芍药裀”中写道:“正说着，只见一个小丫头笑嘻嘻地走来，说:‘姑娘快瞧，云姑娘吃醉了，图凉快，在山子石后头一块青石板凳上睡着了。’众人听说，都笑道:‘快别吵嚷。’说着，都来看时，果见湘云卧于山石僻处一个石凳子上，已经香梦沉酣，四面芍药花飞了一身，满头脸衣襟上皆是红香散乱。手中的扇子在地下，也半被落花埋了，一群蜜蜂蝴蝶闹嚷嚷地围着。又用鲛帕包了一包芍药花瓣枕着。众人看了，又是爱，又是笑，忙上来推唤搀扶。湘云口内犹作睡语说酒令，嘟嘟嚷嚷说:‘泉香而酒冽，玉碗盛来琥珀光，直饮到，梅梢月上，醉扶归，却为宜会亲友。’”

这潇洒风姿，倒有卢纶诗中之意境："北苑罗裙带，尘衢锦绣鞋。醉眠芳树下，半被落花埋 。"醉在那缤纷绚烂的芬芳世界，人生就足够圆满了。

到了明代，"风流才子"唐伯虎根据"海棠春睡"的典故，丰富了想象，画了一幅海棠美人图。有诗云："褪尽东风满面妆，可怜蝶粉与蜂狂。自今意思谁能说，一片春心付海棠。"

折得玫瑰花一朵

最开始玫瑰是指玉石类，玫、瑰本义都是美玉的意思。司马相如在《子虚赋》中写道：“臣闻楚有七泽，尝见其一……名曰云梦……其石则赤玉玫瑰。”诗经中也曾写有：“何以赠之，琼瑰玉佩。”琼瑰是指美玉。

玫瑰作为植物花名出现，最早见于西汉的《西京杂记》，记载“乐游苑中有自生玫瑰树”。《酉阳杂俎》里面还记载了一种玫瑰，它是绿色的，更为神秘莫测。引用一段林素微笔下关于《酉阳杂俎》碧玫瑰的诠释：“洛阳那些从事花木生意的人说，嵩山深处，人迹罕至之所，生长着一种碧色的玫瑰。花香馥郁，莹如翡翠，如梦似幻，那是他见过的，最美的花。”

只可惜，美好的事物总是不能长久，碧玫瑰根本无法移植，出了嵩山，必死无疑。而寻找它的人却无比执迷，最终的结果是，到段成式生活的那个年代，碧玫瑰已经绝迹。

杨万里写《红玫瑰》：“非关月季姓名同，不与蔷薇谱牒通。接叶连枝千万绿，一花两色浅深红。风流各自胭脂格，雨露何私造化功。别有国香收不得，诗人熏入水沉中。”那玫瑰的枝叶，碧绿欲滴，花开两色，深红如深闺贵妇，浅红如邻家少女，各有韵致，浑如杜甫笔下的“可爱深红爱浅红”。玫瑰自然生成一段风流姿态，是造化雨露之功。玫瑰花以胭脂红最为鲜丽逼人，所以还有“胭脂格”的美誉。玫瑰国色天香，其香如醇酒，把诗人都香得熏入水池中去了。杨万里对玫瑰是真心喜欢，笔下也不禁带了一缕戏谑的夸张。

李建勋写的《春词》，则是春光中甜蜜的初恋情意：“日高闲步下堂阶，细草春莎没绣鞋。折得玫瑰花一朵，凭君簪向凤凰钗。”

仍是唐代的一个春日，一位轻盈活泼的少女走下堂阶，春草碧如丝，轻拂着她的绣鞋，她在这春日烂漫的阳光中徜徉着。折得一枝红色玫瑰，情郎含笑接过，轻轻簪在她的凤钗之上。女子含笑敛首，晕生双颊，人比花娇。

玫瑰也可以做成各种美食，在古代典籍中很是常见。明清时代，扬州大户人家就利用鲜花制作花汁、花露等。清代扬州盐商童岳荐在他的饮食巨著《调鼎集》中记录了许多这方面的心得，在“鲜玫瑰花”词条中载有：“摘玫瑰花阴干，将梅卤量为倾入，并洋糖拌腌，入罐封好听用。”

曹雪芹的祖父曹寅曾经向康熙皇帝进献过玫瑰露八罐，而在曹寅的诗集《楝亭诗钞》中有《菊露和酒》一诗，还非常具体地描写了家庭自制花露的过程：早晨摘下新鲜的花朵，将花朵密封在蒸馏器中，低火慢炊一天一夜，直到入夜以后，才能看到凝露开始从蒸馏器的流嘴中滴下。

在《红楼梦》中宝玉挨了打，饶是“臀上作痛，如针挑刀挖一般”，他嚷着要喝酸梅汤。袭人怕酸梅是个收敛的东西，不许他吃，找来玫瑰卤子，宝玉嫌絮烦，于是王夫人命丫鬟彩云取来一瓶“木樨清露”和一瓶“玫瑰清露”。这玫瑰清露颜色鲜红透明如胭脂，甜香浓郁，“一碗水里，只用一茶匙就香得不得了”。

在《红楼梦》第六十回“茉莉粉替去蔷薇硝，玫瑰露引来茯苓霜”里，芳官把玫瑰清露赠予五儿，五儿的娘又给了自己侄儿，她侄儿从井上取了凉水，和吃了一碗，只觉“心中一畅，头目清凉”。想来那玫瑰露清甜可口，带有一缕幽幽玫瑰香，喝后有种清凉的感觉，令人心神怡爽。

清人顾仲的《养小录》记载道：“仿烧酒饧甑、木桶减小样，制一具，蒸诸香露。凡诸花及诸叶香者，俱可蒸露。入汤代茶，种种益人。入酒增味，调汁制饵，无所不宜。”只看这蒸馏之法，都觉幽幽清芬，萦绕身畔，良久不绝。

荷叶捧成杯

荷叶杯是用荷叶作茶具来饮酒，从魏晋一直到唐宋，都被风雅文人所追捧。

荷叶杯始于魏晋时期。唐人段成式《酉阳杂俎》记载:“历城北有使君林，魏正始中，郑公悫三伏之际，每率宾僚避暑于此，取大莲叶置砚格上，盛酒三升，以簪刺叶，令与柄通，屈茎上轮菌如象鼻。传之，名为碧筒杯。历下人效之，言酒味杂莲气，香冷胜于水”。

采摘新鲜荷叶用以盛酒，那荷叶便如天然的碧杯一般，再用簪头刺破蒂芯，将酒灌入。然后从茎管中吸酒。轻轻一吮，便有醇厚美酒从那脉茎管中汩汩流入口中，带着清新的荷叶香气，真可谓“酒味杂莲气，香冷胜于水”。于是，那用来盛酒的荷叶就有了风雅的称谓，如“荷叶杯”“荷盏”“碧筒杯”等。

隋唐也流行碧筒饮这一风雅习俗。词牌名中便有荷叶杯、碧筒饮。隋代殷英童《采莲曲》中有“荷叶捧成杯”一句。荷叶杯的词牌名听起来就很别致纤巧。《唐语林》记载：唐代宰相“李宗闵暑月以荷为杯”。另外涉及荷叶杯的，还有白居易的“疏索柳花怨，寂寞荷叶杯”，戴叔伦的“茶烹松火红，酒吸荷杯绿”，曹邺的“乘兴挈一壶，折荷以为盏”等。

在宋代林洪著的《山家清供》中，以荷叶为杯的“碧筒酒”被记述得更为详细：“暑月，命客棹荡舟莲中，先以酒入荷叶束之，又包鱼酢他叶内。候舟回，风熏日炽，酒香鱼熟，各取酒及酢作供，真佳适也。（苏东）坡云：碧筒时作象鼻弯，白酒微带荷心苦，坡守杭时，想屡作此供也。”宋词中又有“酒盏旋将荷叶当，莲舟荡，时时盏里生红浪，花气酒香清厮酿”。

除了用荷叶饮酒，宋代还有用荷花花瓣饮酒的。南宋词人葛立方曾吟就两首《卜算子》，其中有句：“叶叶红衣当酒船，细细流霞举。”所谓酒船乃是一种船形的酒杯，为宋人敬酒时专用。由此可知，筵席上还曾把一瓣又一瓣的红莲花瓣当作酒杯，注酒其中，敬奉于宾主之前。这粉色荷花杯比之荷叶杯，少了一份清气，但多了一份旖旎。

元人程端礼曾作《碧筒饮转语一首》，且“注云：六月二十二日，同诸公为避暑饮，临荷池，取荷为杯，故名”。

另有明代邵亨贞也在《洲滨见荷花》一诗中写道：“每爱西湖六月凉，水花风动画船香。碧筒行酒从容醉，红锦游帷次第张。”可谓处处有诗有画，也是一时盛事。

白露为霜

时至深秋，凉意渐渐袭人。一泓秋水，亮发般蜿蜒至远方。水边的芦苇叶子上凝着晶莹的露珠，闪烁着。正是白露时节。

白露这个名字总给人一种清冷而又寂寞的感觉，是遗世而独立的孤绝美丽。

周朝的采诗官伫立在水边。他凝神微笑，侧耳倾听着什么。

在这个时节里，采诗官出来得比平时更为频繁。他曾经走过很多地方，采集了很多歌谣。在这个时节里，他所收集的歌儿，皎洁得如同一缕秋夜的月光，也晶莹得如这芦苇上滚动的白露。他细心地把这些皎洁晶莹的歌儿一首首收集起来，就像把刚采下的，还散发着清凉芬芳的新鲜水果放进一个个青竹筐里。

这个清晨，采诗官就是在这水边，忽然听到了一支很特别的歌儿。

蒹葭苍苍，白露为霜。所谓伊人，在水一方。

在深秋的清晨，一位男子站在河边遥望着自己心仪的姑娘，芦苇青青，露珠盈盈，水面如有层淡淡薄雾，轻纱般笼罩着。那姑娘若即若离，若隐若现，令男子魂牵梦绕，苦寻不得。溯洄从之，道阻且长。溯游从之，宛在水中央。

那歌声悠扬嘹亮，梦一般的扑朔迷离，又含着雨水般的忧伤。采诗官不由得被这首歌迷住了。听那男子歇了一阵，又唱了起来，反反复复，唱的就是这么一支简单而动人的歌儿。

“蒹葭苍苍，白露为霜。”芦苇随风摇动，露水皎洁如月，氤氲着一种若有若无的感觉，令人荡气回肠。

一位身着葛布的少女在河中小洲漫步，水汽朦胧中，绰约如仙子。不仅令思慕她的男子魂牵梦绕，这惊鸿一瞥也在路过的采诗官眼中化作了永恒的风景。他静静听着那男子纵声唱着一首浪漫的歌谣，那歌里满是男子对少女的柔情深种与无限向往。

采诗官心旌摇曳，提起笔来，把男子的歌声细细记下来，就是流传千古的这么一首美丽的诗《蒹葭》。

那美人可望而不可即，求之不得，就在想象中越发美化，思念不减，随岁月悠长，而心中永存一处诗意的栖息之地。

两千年以后的一个清晨，一位校园里的少女依着窗子，在灯下翻着一本泛黄的线装《诗经》，不经意间，便翻到了这首《蒹葭》，她轻轻地念出声来：“蒹葭苍苍，白露为霜。所谓伊人，在水一方。溯洄从之，道阻且长。溯游从之，宛在水中央。”她乌黑的眸子忽然间燃起了熠熠的亮光:“好美的诗呀！”

白露，这是怎样一个节气，可以让那个男子咏叹出如此深情缱绻的歌呢？她放下书卷，静静地看向窗外，这刚好也是一个白露时节，露水在树叶上闪烁着。

少女心中默默念着这首诗，千年之前的诗意浸润到她的双眸之中，忽然之间，她觉得这窗外的白露美得不可方物。

她心中浮起《诗经》中的这幅画面。在一个白露为霜的清冷深秋，男子隔着一泓秋水，遥遥望着心爱的美人。

望穿秋水，却不见伊人。

沉水香

沉香，又名“沉水香”“水沉香”，古语写作“沈香”（沈，同沉）。古来常说的“沉檀龙麝”之“沉”，就是指沉香。

《本草纲目》中记载：“木之心节置水则沉，故名沉水，亦曰水沉。半沉者为栈香，不沉者为黄熟香。”《太平御览》卷九八二引《南州异物志》云：“沉水香出日南。欲取，当先斩坏树着地。积久，外皮朽烂。其心至坚者，置水则沉，名沉香。”

沉香香品高雅，而且十分难得，自古以来即被列为众香之首。与檀香不同，沉香并不是一种木材，而是一类特殊的香树“结”出的，是混合了油脂（树脂）成分和木质成分的固态凝聚物。

小周后喜欢焚香，自己制造焚香的器具，就有把子莲、三云凤、折腰狮子、小三神字、金凤口罂、王太古、云华鼎等十余种。她每天垂帘焚香，满殿都是馥郁之气。

此外，小周后还别有一番玲珑心思，用鹅梨蒸沉香，放在帐中，说不尽那馨香甜美，沁人心脾，取其名为“鹅梨帐中香”。《补遗》记载其做法：沉香末一两，檀香末一钱，鹅梨十枚。右以鹅梨刻去瓤核，如瓮子状，入香末，仍将梨顶签盖。蒸三溜，去梨皮，研和令匀，久窨，可爇。

李清照词中有“沈水卧时烧，香消酒未消”。睡卧时所烧的熏香已经燃尽，香气已经消散，说明已过了很长的时间，但清照还在沉睡之中，酒还未醒，可见醉之深沉。

纳兰容若词《遐方怨》中也有沉水这一意象：“欹角枕，掩红窗。梦到江南，伊家博山沉水香。浣裙归晚坐思量。轻烟笼浅黛，月茫茫。”

前半段写实，欹角枕、红窗棂，沉水香，都是精致意象，斜靠着枕头，将红窗关了，睡梦中身已到江南，博山炉上正燃着沉水香。这里有个暗含的意蕴，指思念的人便在江南。后半段写梦境，梦中见到了思念不已的纤秀身影，洗衣晚归，正静坐着思量，眉尖微蹙，恍若轻烟笼罩了一痕黛影，月光如水茫茫，缥缈轻盈。

林清玄在他散文里写道：沉香最动人的部分，是它的“沉”，有沉静内敛的品质；也在它的“香”，一旦成就，永不散失。浮世是水，俗木随欲望水波流荡，无所定止。沉香是定石，在水中一样沉静，一样的香。

松花酿酒

苏东坡喜欢用松花做的食品，他常常用松花酿酒。苏东坡的《松醪赋》中有“一斤松花不可少，八两蒲黄切莫炒。槐花杏花各五钱，两斤白蜜一起捣。吃也好，浴也好，红白容颜真到老。”

松花酿酒这个风雅举动在元朝的张可久小令中也有。张可久《人月圆 · 山中书事》有云：“兴亡千古繁华梦，诗眼倦天涯。孔林乔木，吴宫蔓草，楚庙寒鸦。数间茅舍，藏书万卷，投老村家。山中何事？松花酿酒，春水煎茶。”

千古兴亡，繁华如梦，看破世情，倦隐天涯。往昔繁华今安在？孔林、吴宫与楚庙都已草木丛生，寒鸦哀号，而自己隐居山中，虽然这里仅有茅舍几间，但有诗书万卷。山中有什么事呢？不过是喝着自酿的松花酒，品着自煎的春水茶而已。“山中何事？松花酿酒，春水煎茶。”这一句非常飘逸潇洒，仁者乐山，山中之乐，字里行间满是与世隔绝的清静与悠然。

张可久宦海沉浮，虽腹有诗书，却始终不得志。所以，在他的文字里，松树出现得极多。“依松涧，结草庐，读书声翠微深处”，“松风古砚寒，藓土白石烂”，“萧寺罢疏钟，湿翠横千嶂，清风响万松”……随处禅心可见，是闲而不散，哀而不怨。松树深山最多，他写松树，也就是写自己一颗“不如归去”的疲倦之心。

也曾在高濂的《遵生八笺》中看到松花酒的制法：“三月取松花如鼠尾者，细剉一升，用绢袋盛之。造白酒熟时，投袋于酒中心，井内浸三日，取出，漉酒饮之。其味清香甘美。”松花开在农历三月，而此时酿成开坛的应是正月里用稻米酿下的春酒。松花酿的春酒，不但清香甘美，而且确实有许多保健功能。

明代《本草纲目》言松花“润心肺，益气，除风，止血。亦可酿酒”。清代叶桂的《本草经解》具体解释道：“松花，味甘益脾，气温能行，脾为胃行其津液，输于心肺，所以润心肺也。益气者，气温益肝之阳气，味甘益脾之阴气也。风气通肝，气温散肝，所以除风。脾统血，味甘和脾，所以止血也。可酿酒者，清香芳烈，宜于酒也。”

松花在古医书中亦称松黄，宋代林洪的《山家清供·松黄饼》里载其过大理寺访友，方巾美髯高标超俗的友人留饮，席间二童子歌陶渊明的《归去来辞》，并以松黄饼下酒，“饮边味此，使人洒然起山林之兴，觉驼峰、熊掌皆下风矣。”其制法是：“春采松花黄，和蜜模作饼，如鸡舌龙涎状。不惟香味清甘，亦自有所益也。”

云鬓斜簪

古代女子有簪花的习俗。在百花盛开、群芳斗艳之时，纤纤素手擎得一朵芬芳鲜妍的花儿，插在自己乌黑的鬓发上，花面相映，越发显得明艳照人。

除了鲜花以外，有绢花、罗花、绫花、缎花、绸花、珠花等。古时喜庆之日，朝廷百官巾帽上都簪花。据说，秦代嫔妃在正式场合必须戴花，宫女也要戴花。

到了唐代，簪花已经非常流行。著名画家周昉的《簪花仕女图》画的就是头戴牡丹的华丽贵族女子。

《开元天宝遗事》中还记载了唐玄宗为杨贵妃戴花的情节，御花园里桃花初绽，玄宗亲自折了一枝，将它插在杨贵妃的发髻上，并说“此个花尤能助娇态也”。

元稹的《村花晚》里就描述了乡间小女儿们摘花、戴花的娇俏劲儿：“三春已暮桃李伤，棠梨花白蔓菁黄。村中女儿争摘将，插刺头鬓相夸张。”

有人说，男孩子喜欢的女生，是那种清纯里带一点风情，但这点风情还不影响清纯的那种。簪花的灵俏女孩儿，也许就是这种既有风情又满是清纯的感觉吧。

《杜阳杂编》是唐代的一部笔记小说，里面有一段关于妇女争戴金茎花的故事。这种花像蝴蝶，若微风迎面，则飘飘摇摇飞舞起来。因为金茎花轻盈美丽，妇女喜欢采它来做头饰，而且当时还有这样一句话，“不戴金茎花，不得在仙家”。

欧阳修在他的《洛阳牡丹记》中就如是记录：“洛阳之俗，大抵好花。春时，城中无贵贱皆插花，虽负担者亦然。”洛阳的民俗是老百姓喜欢花，春天花开的时候，无论贫富贵贱都爱簪花，即使是挑担子卖苦力的人也是这样。卖花人挑着牡丹、芍药、棣棠、锦李、紫荆、映山红等，游走叫卖，正如宋代小品文集《梦粱录》里所记载，“卖花者以马头竹篮盛之，歌叫于市，买者纷然”。

孟元老在《东京梦华录》中曾回忆说：“是月季春，万花烂漫，牡丹芍药，棣棠木香，种种上市。卖花者以马头竹篮铺排，歌叫之声，清奇可听。”宋朝都市常有卖花担子，串街走巷，芬芳一路。《东京梦华录》之记录，可见当时北宋京城之花市盛况。

李清照的《减字木兰花》中写着：“卖花担上，买得一枝春欲放。泪染轻匀，犹带彤霞晓露痕。怕郎猜道，奴面不如花面好。云鬟斜簪，徒要教郎比并看。”李清照在卖花担上买了一枝犹带着露珠的鲜花，用“春欲放”代指鲜花，仿佛整个春天之精华都在手中的这枝娇花之上。花儿太美了，新嫁娘也不禁起了好胜之心，于是，将花儿斜斜簪在鬓发上，撒娇让新郎看，评评人与花哪一个更美。“云髻斜簪”，花面相映，该是如何妩媚清新，赵明诚此时当是心神俱醉吧。

头上哪得桂花油

桂花的香是一种让人通体舒畅的甜香。温润的，亲切的，似乎藏进了少女时代所有晒过阳光的心事，那样叫人内心熨帖。

桂花油是把桂花精华细细蕴藏的头油。桂花油很温和，即使碰到皮肤也不会造成过敏。桂花油的香气柔和地融入女子的头发，便像是闺中女儿本身幽幽散发的清香，是可亲可近的。

想那古代的江南女子临窗而坐，皓腕轻舒，长发如瀑，木梳上蘸着淡墨色的、透明芬芳的桂花油，轻轻地抹在秀发上并细细梳匀，直到那桂花油渗透到了发根发梢。那乌发被润泽得越发柔润细腻，更衬托得一张雪白的瓜子脸娇俏柔美。

用桂花油将头发梳好了，头发在温煦的春风中也渐渐干了，秀发如同贵重的丝缎一般轻软润妍，光可鉴人。然后她们便对着镜子，精心梳好各种发髻，还在那乌黑柔亮的发髻上簪上几朵清丽的白色小花，或是斜斜插上一支带着流苏的步摇。就这样，乌发云鬓的女子，于杏花微雨的江南，撑着一把油纸伞款款而来。还未近前，幽香袭来，已叫人心旌摇曳。在那桂花的芬芳里，恍若让人沉浸到一个古老的梦境，一个古典的中国式的梦境。

《红楼梦》第二十八回中，蒋玉菡行酒令时唱过这样的小曲儿：“女儿愁，无钱去打桂花油。”而在另一章节里，湘云行酒令时，用筷子夹起一个鸭头打趣道：“这鸭头不是那丫头，头上那讨桂花油。”众人越发笑起来，引得晴雯、小螺、莺儿等一干人都走过来说：“云姑娘会开心儿，拿着我们取笑儿，快罚一杯才罢。怎见得我们就该擦桂花油的？倒得每人给一瓶子桂花油擦擦。”

那时大观园的女儿们是那样无忧无虑，桂花油的香气氤氲在她们的云鬓发钗上，一抬眸一低眉都是芬芳无限。那桂花油馥郁清美的香气，是后来一任东西南北各分离之后的长长岁月里，那些曾经青春过的女儿们永远的温柔念想和慰藉。

后来我到南京旅游，想起《红楼梦》中的“金陵十二钗”，不禁微微惆怅。六朝金粉，谁知金陵旧时梦？我在秦淮河附近的小店偶然看到了一个细润的白色瓷瓶，瓷瓶上是一个明眸皓齿的古装仕女，旁书四个字，“桂花头油”，于是便买了下来。

我轻轻把瓷瓶的塞子拔开，一缕幽深的清香静静地飘了出来。一时间，恍然身在秋天的桂花林中，很多情愫轻轻浮起，既感伤，又温暖。

我将桂花油带回了长沙，像是带回了一个古典的梦境。

相随茉莉展轻绡

若要说花卉之中哪一种最像中国古典女子，我认为是茉莉。小小的一朵茉莉，却有清新芬芳，自在沁入人心。

茉莉如同临风捧卷的女子，抬眸一望，眉目温婉，隽永的书卷气隐隐透来。

唐太宗李世民曾写诗赞美茉莉：“冰姿素淡广寒女，雪魄轻盈姑射仙。”宋代郑刚中称赞“茉莉天姿如丽人，肌理细腻骨肉匀”。宋代王梅溪的《茉莉》有“西域名花最孤洁，东山芳友更清幽”。这些都是称赞茉莉的清幽绝美，如遗世而独立的绝代佳人，如不食人间烟火的姑射仙子。但茉莉虽然容色清绝，但脾性却是灵俏可人的。

宋代张镃写过一首新颖轻巧的《杨柳枝》：“绿蜡芽疏雪一包，绽云梢，清香却暑置堂坳。晚风飘，冰雹无声栖碧叶，笑仍娇。相随茉莉展轻绡，伴凉宵。”词句十分清新轻妙。“清香却暑”四个字更是无限旖旎，茉莉之美，其实不在其色，而更在其香。

古时夏日，江南街头随处可见卖茉莉花的小摊，爱美的女子喜欢把它簪在发髻上，或用细线把它串成球，挂在衣襟上，或当作项链挂在颈上，可以清芬一整天，以达到“清香却暑”的效果。那女子云鬓上插着一串茉莉花球，比之满头珠翠，更觉清新可喜。盛夏时分，女子身畔有一枝茉莉相伴，心底总能浮现一缕清凉的芬芳。

清代沈复在《浮生六记》里说：“想古人以茉莉形色如珠，故供助妆压鬓，不知此花必沾油头粉面之气，其香更觉可爱。”这样清幽却可爱的茉莉香气，如同他文中那个娇俏温柔的江南女子芸娘，她给了书生沈复一生难忘的温情记忆与真挚爱情。

当代散文家朱千华在《南方草木札记》中写道：“那是江南四月的芬芳。明净如水的少女。恬静的梦。小小的裙裾，羞涩的容颜。四月的阳光下，你星子般的眸子里深藏着整个春天。你轻盈，走在开满茉莉花的山坡上。茉莉花在山谷里静静地开，你在茉莉一样的月光下静静长大。”读这样的文字，仿佛呼吸的都是香气。

在现在江南的校园时光，茉莉不仅是古典的梦境，也成了青春里温暖的记忆，带着熟悉的烙印。闻见茉莉清香，就想起一个个轻风拂面的故事。就像很久之前的一个男生，曾在一个女生毕业纪念册上缓缓写下的文字：你是我整个青春里，最亲切的回忆。

却把青梅嗅

李清照作过一首清新可喜的《点绛唇》:“蹴罢秋千，起来慵整纤纤手。露浓花瘦，薄汗轻衣透。 见客人来，袜划金钗溜，和羞走。倚门回首，却把青梅嗅。”

少女荡完秋千，香汗淋漓。宁静芬芳的世界里忽然闯入一个不速之客，少女惊诧之余，又感羞涩，急忙回避，来不及穿鞋，就着罗袜跑开，轻盈得如同一只小鹿。

这不速之客，定是一个俊朗少年，她禁不住有些好奇，跑到门边，又忍不住回眸，偷偷地躲在青梅旁边看他。一双乌黑透亮的眸子，新奇地打量着，却假装漫不经心地闻着青梅的芬芳。

这一份微妙宛转的脉脉之情，欲说还羞。

少女情怀，如同一朵新鲜而芬芳的花朵，花房里满是馥郁的甜香。

仿佛能看到那垂髫少女天真的大胆，无邪的笑颜。也只有娇憨纯真的少女才能做出如许的举动。

不仅李清照对赵明诚一见钟情，赵明诚对她也是爱慕已久，一见倾心。

怦然心动的瞬间无比美好。那一刻，那少年迎风而来，仿佛千树花开，花园里所有清凉而馥郁的芬芳都浮动在她的笑靥里。

赵明诚比李清照大三岁，二人初识时正是弱冠少年，他儒雅温和，满是书卷之气。那个青梅旁的窈窕身影、明亮眼神，足以让他在以后的岁月中，时常想起她回眸时清灵的笑容。爱情是遇见的，邂逅一个人，眼波流转，微笑宛然，却从此柔情深种，姻缘从此而开始。

李清照幸运地遇见了一生所爱，两人品貌相当，兴趣相投。

当他们日后回想起这初次的相见时，均会觉得甜蜜而又温馨吧。

多么好，在我最美的时候，我遇见了你，而你也年华正好。

书签砚匣自追陪

最早的书签是用在竹简里边的，那时的书签是象牙做的，入手极温润雅致。当时的书签也叫作牙签。

唐代集贤院所藏四库图书就分别用红、绿、碧、白四色牙签区分经、史、子、集四部典籍。唐代韩愈的《送诸葛觉往随州读书》诗云:“邺侯家多书，插架三万轴。一一悬牙签，新若手未触。”宋代苏轼的《书轩》则云:“雨昏石砚寒云色，风动牙签乱叶声。”

“书签”这一词最早出现在唐代，如杜甫诗中的“笔架沾窗雨，书签映隙曛”。这时的书签，有的是用木、竹、纸为签，小巧玲珑。展卷而看，不忍在书上折下印痕，那么一枚精致素雅的书签便是“窗临水曲琴书润，人读花间字句香”的印迹。爱书人在书中夹放一枚书签渐渐成了流行的习惯。清代唐孙华的《笔床》中有:“湘竹离离欲作堆，书签砚匣自追陪。”

到了现代社会，有不少其他的风雅素材都可以用作书签，比如树叶。春天的时候，草木芬芳盈袖，所望皆绿，绿得通透，像是一大块的碧玉，又含着湿意，清灵灵的。小时候，我常带着书去花园，为的就是收集树叶作书签。花园中最多的是香樟树，新生的樟树叶透着一缕清凉的香气。小树丛里还有羊齿状的、羽状的，还有心形的树叶。我采下来一些，小心地夹进书里。

一打开，满书清气流动，树叶已经由新绿沉淀为绛绿，仿佛整个春天的绿意都已含在书中。树叶书签，以春日新生之树叶为佳；秋日的落叶也是极为美丽的，在温暖的秋阳下，落叶翩翩而飞，美得令人动容。但是，秋叶却不适宜用作书签，因为秋叶夹在书中其叶脉容易断折，远不如春叶水分饱满、韧性足。

我工作后，并未刻意去采摘花草树叶书签了，但仍喜欢看一些隽深古旧的书。于一扇小窗之下，看《诗人玉屑》，看《闲情偶寄》，有落花或者落叶随风而至，便随手夹在书里。是自然邂逅的小书签。

旅行时，我曾见到一种木质书签，上面细细刻镂了红楼女子纤秀清丽的身影。我对它一见钟情，但是问过之后，要价颇贵。我当时不过是学生，囊中羞涩，于是便恋恋不舍地离去。后来却再也没见过那样精巧的手工。

后来又得一木质书签，小扇形的窗，斜斜横过一枝梅影，心中陡然浮现“疏影横斜水清浅，暗香浮动月黄昏”，当时只觉暗香盈袖。

如今，纸质书签仍是最常见的，一般写有一些意趣盎然的话，或描着几笔隽秀的画。一本美文，附赠一张小巧的书签，书签是极为熨帖清淡的蓝色，好像一枚珍珠贝孤独地躺在沙滩上，唯有贝内一枚圆润丰美的珍珠散发淡淡光芒。霎时，一种清绝的美丽，一种寂寞的芬芳，弥漫整个心间。我似乎读懂了作者，读懂了作者静夜中的一灯独坐。

卷珠帘

珠帘是梦一般的古典情怀。有风来时，帘珠相互碰撞，发出清脆的声响。仿佛便有人经过一般，细细碎碎地洒下音乐般的轻响。于是，轻易便唤起那闺中少女淡淡的怅惘与美丽的哀愁。

因此，珠帘总是和女子的忧伤融在一起。李白的《玉阶怨》中，“却下水晶帘，玲珑望秋月”，“玲珑”二字勾画出宫女在水晶帘下的窈窕身姿与姣好面容，还有那淡淡的哀愁。宫女寂寞地站在台阶上，夜深之后，凉意也渐渐浸透了罗袜，于是，她便回到了屋中，放下了水晶帘，静静地望着那一轮秋月。

在李白的另一首《怨情》中，“美人卷珠帘，深坐蹙蛾眉。但见泪痕湿，不知心恨谁”，则是另一种幽恨缠绵。

美人素手卷起珠帘，独自静坐，蛾眉深蹙。只是点点粉泪簌簌而下，却不知道心中在怨恨着哪位薄情郎。那珠帘之后，是一名风露清愁的女子，心中藏着一个刻骨铭心的故事。

珠帘后美人的风姿映着月色花光，更是交相生辉。苏东坡这样描写花蕊夫人的绝世风姿：“冰肌玉骨，自清凉无汗。水殿风来暗香满。绣帘开，一点明月窥人；人未寝，倚枕钗横鬓乱。”花蕊夫人是后蜀国王孟昶的妃子。孟昶为了她在摩诃池上，建筑了水晶宫殿，作为夏日避暑的地方，夜晚水晶宫里还备下鲛绡帐、青玉枕等。

月下隔帘看美人，珠影轻轻摇曳，将那一张绝美的芙蓉面更掩上了几分朦胧，却是更增梦幻之美。那冰肌玉骨、体有异香的佳人，她异乎寻常的美丽都让那皎皎明月忍不住透过那被风拂起的精致珠帘偷偷窥探。

而那些男子，当然也会更加缱绻于珠帘后面的绝美容颜。疏帘淡月，隔帘看美人，一张明眸皓齿的芙蓉面也被珠帘摇曳得越发朦胧，月色洒下满地珠影。而当美人轻轻卷起珠帘之时，一张清清秀秀的脸，令男子登时心旌摇曳。

像唐代杜牧，他曾在扬州流连十年，赢得青楼薄幸名，但他情有独钟的却是一个极清纯的女孩儿，“娉娉袅袅十三余，豆蔻梢头二月初。春风十里扬州路，卷上珠帘总不如。”那少女水灵灵的笑如同初绽的花苞、新生的嫩叶，眸子晶亮莹澈，如有盈盈水光，让人顿觉青春之无限美好。有些少女就是生动灵俏，不能说倾国倾城，却有一种让人灵魂震颤的吸引力。

扬州，繁华喧闹，车水马龙，楼台密集，珠帘摇曳，珠帘后的美女拥有娇艳如花的容颜。可是待到卷上玲珑珠帘，看到那些姣花软玉一般的美人，却总不如自己心中那个清纯如水的豆蔻少女呀。

昔日，那个灵动的女孩素手轻轻卷起珠帘之时，帘外月影浅淡，花木扶疏，清气浮动，帘内美人如玉，风神飘逸，淑质艳光，惊艳了杜牧的时光，然后化作他笔下如画的诗句。

李清照的词中也有类似的“花影压重门，疏帘铺淡月”。黄昏，朦胧的月光照在珠帘上，重门后花影掩映，幽香缕缕。春日的黄昏是这样宁静而优美。

秦观的词中也有美得不食人间烟火的句子:“夜月一帘幽梦，春风十里柔情。”后来，琼瑶将这个句子中的缠绵情思化为笔下紫菱唱的那首《一帘幽梦》:“我有一帘幽梦，不知与谁能共。多少秘密在其中，欲诉无人能懂。窗外更深露重，今夜落花成冢。春来春去俱无踪，徒留一帘幽梦。”珠帘摇曳，少女托腮，静静地做着一个不切实际的美梦。

一帘幽梦，紫菱终究是梦到了那个能护持她一生，满足她所有童话般的梦想的男人。这本小说本身也是一个现实中不可能的童话，犹如珠帘下一场了无痕迹的春梦，但是梦只要足够美，就够了。

某一个深秋，正值黄昏细雨，电脑里的音乐盒中放着霍尊唱的那首《卷珠帘》:“镌刻好每道眉间心上，画间透过思量，沾染了墨色淌，千家文尽泛黄，夜静谧窗纱微微亮，拂袖起舞于梦中妩媚，相思蔓上心扉，犹眷恋梨花泪，静画红妆等谁归，空留伊人徐徐憔悴。”声音缓缓袭来，不由得神思缱绻，恍然如梦。

玉簟秋

簟是用竹丝编的一种凉席，上面有芙蓉花的图案。玉簟秋的意思是时至深秋，精美的竹席已变清冷。

单看玉簟秋这三个字，只觉美得不食人间烟火。秋天本已清冷隽美，而一领细细的竹席，纤手抚摸，指尖冰冷，已不似夏日清凉舒服，又添多少惆怅。

张晓风写道：“一年里面第一次使用竹席的感觉极好，人躺下去，如同挡在春水湖中的一叶小筏子上。清凉一波波来拍你入梦，竹席恍惚仍饱含着未褪尽的竹叶清香。”

张晓风的文字平淡素雅，波澜不兴，我喜欢看她的散文，她擅长于细微处发现动人之理，袅袅似有禅机。她笔下的竹席，夏夜生凉，竹叶清香，隐隐有古韵中簟纹的意味。

玉簟秋最初是来自李清照的词中名句“红藕香残玉簟秋”，梁绍壬曾称之“吞梅嚼雪、不食人间烟火气象”。

后来李清照陡遭大变，作下《南歌子·天上星河转》，其中有句“凉生枕簟泪痕滋”。枕上清寒，而泪水，正无声地滴落在上面。多少难言的伤痛，多少流离的悲伤，化作星星一般的泪珠，轻轻滴落。

秋季是个容易让敏感细腻的诗人伤感的季节，所谓伤春悲秋是也。因此，关于秋季的诗词特别多，字里行间总是带着韶华不再的微微惆怅。

村上春树的《当我谈跑步时，我谈些什么》中写道：“那年秋天的事情我记忆犹新。晴好的天气日复一日，真是个美丽的秋季。天空澄澈高远，绘画馆前夹道成排的银杏树，比历年更显鲜艳明丽，闪耀着金色的光泽。”

蒋坦曾在《秋灯琐忆》里写道：夜来闻风雨声，枕簟渐有凉意。秋芙方卸晚妆，余坐案傍。制《百花图记》未半，闻黄叶数声，吹堕窗下。秋芙顾镜吟曰：“昨日胜今日，今年老去年。”

两人相守，只觉寸寸光阴珍贵，叹息时光之远逝。而一人独处，只觉孤独悲凉，却只怪时间为何过得那么慢。

绮窗人静

我去过苏州园林，拙政园里一步一景，只觉美不胜收。亭台楼阁之中，我最爱在那精巧的窗子前停留。

人在窗子中移步观景，犹如在画廊中赏画。一扇窗子，便如一幅精美至极的古画画框，窗中景色诗意盎然。

窗子是用木雕成的，雕刻得十分精致，有的就像是一把打开的折扇一般。一枝嫩黄色的蜡梅斜斜地横过窗子，让人禁不住想起了“梅影横窗”这个词，只觉娟娟秀美。

每次看到这样精美的窗边斜斜探过一枝梅花瘦影，都觉得仿佛是美人消瘦而优美的侧面。而蜡梅的芬芳早已幽幽地浸透了衣袖。不由得低头浅笑，真是有暗香盈袖了。

民国才子周瘦鹃曾作过一组《苏州好》（调寄《望江南》），其中有曼妙好句：“苏州好，拙政好园林。轩宇玲珑如展扇，与谁同坐有知音？于此可横琴。”并在后面标注：西部有小轩作扇面形，别创一格，榜曰“与谁同坐”。

古人常称窗子为绮窗，绮窗便是指雕刻花纹的窗子，或是指雕刻或绘饰得很精美的窗户。《文选·左思》中曾有记：“开高轩以临山，列绮窗而瞰江。”吕向注道：“绮窗，雕画若绮也。”《古诗十九首》中有“西北有高楼，上与浮云齐。交疏结绮窗，阿阁三重阶。”宋代刘子翚《闻筝作》诗有：“月高夜鸣筝，声从绮窗来。”清代黄景仁《减字木兰花·中秋夜感旧》词有：“绮窗人静，露寒今夜无人问。”

绮窗下有着无数低回的心事。那唐代的王维遇到了家乡人，禁不住涌起思乡之情：“君自故乡来，应知故乡事。来日绮窗前，寒梅著花未？”

你是从故乡来的，应该知道故乡的事情吧？我曾经住过的那屋绮窗前，梅花开了吗？

唐代李商隐的《瑶池》中有：“瑶池阿母绮窗开，黄竹歌声动地哀。八骏日行三万里，穆王何事不重来。”那倚着绮窗静静等待着的西王母，她不知道，为何那有着日行三万里的八骏的穆王迟迟还不归来。

宋词中有个“红窗听”的词牌名，跟“烛影摇红”一样，旖旎如画，古典意蕴极浓。精雕细镂的朱红色小窗，有人含笑在窗外倾听。便如《红楼梦》中宝玉去看黛玉，每日情思睡昏昏。而晏殊的这首《红窗听》也确实写得清美如画，又浑厚含蓄，情意袅袅不绝：“淡薄梳妆轻结束。

天意与、脸红眉绿。断环书素传情久，许双飞同宿。一饷无端分比目。谁知道、风前月底，相看未足。此心终拟，觅鸾弦重续。”

宋代杜耒写有一首《寒夜》:“寒夜客来茶当酒，竹炉汤沸火初红。寻常一样窗前月，才有梅花便不同。”寒冷的夜晚，有客前来，忙煮茶当酒。刚刚烧起了水，竹炉里水开了，红色的火焰跳跃着。主人和客人都手捧一杯醇香的热茶，一边喝茶一边说话。屋外冷意侵人，屋内温煦如春。窗外，月亮和平常一样并没有什么特别的，可是斜斜横过一枝初开的梅花，意境可就大不一样了。

窗前明月，煮茶当酒，梅影横窗，幽香阵阵。好友三二，举杯畅饮，谈古论今，真是风雅。

纵使身居富贵，手握重权，有什么能比得过绮窗之下那一盏暖心的热茶、那一杯新醅的绿酒呢?

碧纱橱里流光软

看到“碧纱橱”这三个字，只觉有无限古典柔美。碧纱橱本是用连排木隔扇分割房间的空间。后来古人常在木隔扇格心上糊上极轻薄的绢纱，还于绢纱上画画、题词，这些木隔扇便被称为“碧纱橱”。

碧纱橱在精致的宋代，提到的尤其多。重阳佳节，李清照在碧纱橱内枕着玉枕安然入睡，而半夜醒来，相思无意中浮上心头，却禁不住眸光炯炯，玉臂生寒。于是便抱膝坐起，静静地看着碧纱橱外朦胧的景致，心下幽幽而叹：“佳节又重阳，玉枕纱橱，半夜凉初透。”

元人胡祗遹《小令·四景》：“纱橱睡足酒微醒，玉骨冰肌凉自生。”碧纱橱将日光筛得柔和，而不挡清凉，因而，夜卧碧纱橱内只觉惬意舒服。那美人儿酒过微醺，醉脸酡红，在碧纱橱中一枕安然，浓睡不消残酒。而待美人睡足，悠悠醒来，碧纱橱已细细地筛下了黄昏中的暮色。而碧纱橱中的美人浸在瑰丽的暮色中，越发显得玉骨冰肌，自清凉无汗，令人心中如浸过一脉清泉，霎时间冰清玉净。

月光下的碧纱橱则更为旖旎。金銮的《萧爽斋乐府》中有：“碧纱橱，低映月儿明。”月光照在碧纱橱上，淡淡的如玉生晕一般。

《西厢记》第四本第一折中有云：“今宵同会碧纱橱，何时重解香罗带？”那张生与莺莺偷偷在月下的碧纱橱中幽会，软风细细地透过碧纱橱，吹来园里的花草清香。思念了那么久的意中人，此时就在眼前，触手可及。张生与莺莺两人四目相对，双手相握，脉脉深情尽在无言之中。碧纱橱中，顿时无限甜蜜。

而《红楼梦》中，碧纱橱更有着极优雅裕静的出场。黛玉初到贾府，贾母对其疼爱有加。奶娘来请问黛玉之房舍，贾母心疼这娇弱的外孙女，便说把宝玉挪出来同自己在套间暖阁儿里，把黛玉暂安置在碧纱橱里。等过了残冬，到春天再与他们收拾房屋，另作一番安置。宝玉却对这个虽然初初相见但“心里就当旧相识”的妹妹恋恋不舍，缠着贾母道：“好祖宗，我就在碧纱橱外的床上很妥当，何必又出来闹得老祖宗不得安静。”贾母想了一想，便含笑答应了。

于是，年幼的宝玉便住在黛玉的碧纱橱外，二人亲密友爱，亦自较别个不同。日则同行同坐，夜则同息同止，真是言和意顺，略无参商。就这样，两人青梅竹马，一起长大，心灵相通。她百转千回的小心事，伤春悲秋的小情怀，偶尔闹脾气的小性子，他都懂。粤曲《红楼梦》中有：“碧纱橱，笑声喧，论赋谈诗，常到三更，鼓后。”

想象那深秋午后，阳光自碧纱橱外透过，罩了满室的温静。黛玉手持一卷书临窗静读，而宝玉望着碧纱橱里黛玉影影绰绰的窈窕身影，禁不住痴了。

真愿青春不老，时光永驻，在这碧纱橱间柔软而清香。

画屏风自展

屏风是古时建筑物内部挡风用的一种家具，所谓“屏其风也”。屏风的诞生，开始是专门设计于皇帝宝座后面的。它以木为框，上裱绛帛，画了斧钺，成了帝王权力的象征。《史记》中也记载：“天子当屏而立。”

后来屏风渐渐成为室内装饰的重要组成部分。据记载，尤其在贵族家庭，屏风的制作非常讲究，需要的材料有云母、水晶、琉璃等，在镶嵌方面则用象牙、玉石、珐琅、翡翠、金银等贵重物品。

屏风上经常张贴屏风画，所谓画屏。王维《题友人云母障子》：“君家云母障，时向野庭开。自有山泉入，非因彩画来。”写这首诗的时候，王维才十五岁，笔调却已经灵动非常。那屏风上的山水画得如此逼真，仿佛是真的山泉流入屏风里。唐代的张乔也写有《鹭鸶障子》：“剪得机中如雪素，画为江上带丝禽。闲来相对茅堂下，引出烟波万里心。”

而民间的屏风制作大都崇尚实用朴素，陈设素屏的很多。唐代诗人白居易曾作《素屏谣》曰：“当世岂无李阳冰篆文，张旭之笔迹，边鸾之花鸟，张藻之松石，吾不令加一点一画于其上，欲尔保真而全白。”表明了其对素屏的崇尚之意。

唐代李商隐的《嫦娥》中写着："云母屏风烛影深，长河渐落晓星沉。嫦娥应悔偷灵药，碧海青天夜夜心。"李商隐还专门写过一首《屏风》："六曲连环接翠帷，高楼半夜酒醒时。掩灯遮雾密如此，雨落月明俱不知。"和李商隐齐名的杜牧作了一首《屏风绝句》："屏风周昉画纤腰，岁久丹青色半销。斜倚玉窗鸾发女，拂尘犹自妒娇娆。"

宋代晏殊的《红窗听》中有："梦觉相思天欲曙。依前是、银屏画烛，宵长岁暮。"一觉醒来，心中还念念不忘相思情意。天色渐亮，屏风前红烛上的光晕跳跃着，这相思的夜晚如此之长，都是这相思令人老呀，岁月忽已晚。

清代《雍正十二美人图》分别描绘了十二位身着汉服的宫苑女子品茶、观书、沉吟、赏蝶等风雅场景。这幅画原贴于圆明园"深柳读书堂"的围屏上，便是十二扇屏风，可以围成圆柱状做"虚拟实境"观赏。

雍正十年（公元1732年）八月间，才传旨将此套图屏从屏风上拆下来，"着垫纸衬平，各配做卷杆"。这《雍正十二美人图》各有主题，分别对应着美人所做的一件逸事：博古幽思、立持如意、持表对菊、倚榻观雀、烘炉观雪、桐荫品茶、观书沉吟、烛下缝衣、倚门观竹、捻珠观猫、消夏赏蝶、裘装对镜。画上的美人细眉凤目，玉肌雪肤，姿态妩媚，神情沉静。

我在故宫博物院参观时，虽无缘得见这十二美人图的屏风原图，却有幸购得这十二美人图的画册。

静静看这十二美人图，仿佛时光远走，退回那个淡静缓慢的年代。

抛书人对一枝秋

据扬之水的《终朝采蓝》记载，鲜花插瓶最早出现在魏晋南北朝，但真正兴旺发达的时候是在宋代，成为“文房书室之清供，幽人韵士之雅玩”。书房之中，书案之上，笔墨纸砚，镇纸香炉，再立着一个小小的花瓶，便添了几分生动。

宋人诗词中，咏及几案花卉的不在少数。如曾几的《瓶中梅》:“小窗水冰青琉璃，梅花横斜三四枝。若非风日不到处，何得色香如许时。神情萧散林下气，玉雪清莹闺中姿。陶泓毛颖果安用，疏影写出无声诗。”宋代诗人陈与义的《梅花二首》其二:“画取维摩室中物，小瓶春色一枝斜。梦回映月窗间见，不是桃花是李花。”方回的《开镜见瓶梅》:“开奁见明镜，聊以肃吾栉。旁有一瓶梅，横斜数枝人。”

明清时期，瓶花在士大夫阶层中盛行，明代陈继儒的《小窗幽记》有云:“瓶中插花，盆中养石，虽是寻常供具，实关幽人性情，若非得趣，个中布置，何能生致?”清代沈三白的《浮生六记》中亦记载:“余闲居，案头瓶花不绝。”

这一时期还出现了多种瓶花专著，如高濂的《瓶花三说》、张谦德的《瓶花谱》、袁宏道的《瓶史》、屠本峻的《瓶史月表》等，以及记述瓶花的笔记，如屠隆的《考槃余事》《仙斋请供签》、李斗的《扬州画舫录》等。其中以明代张谦德的《瓶花谱》、清代袁宏道的《瓶史》二书影响最为深远。张谦德的《瓶花谱》中，称折枝"天趣"难得，"插花瓶中，令俯仰高下，斜正疏密，皆有意态，得画家写生之趣方佳"。

清代《红楼梦》一书中也有一些插花的情节。《红楼梦》第三十八回里，大观园的众女儿作诗，湘云作的是《供菊》，其中有句："弹琴酌酒喜堪俦，几案婷婷点缀幽。隔座香分三径露，抛书人对一枝秋。"似是脱胎于宋人诗句"犹有一枝秋色在，明窗净几胆瓶中"与"一支淡贮书窗下，人与花心各自香"了。

《红楼梦》第四十回里，众人进了蘅芜院，只觉得异香扑鼻。那些奇草仙藤愈冷愈苍翠，都结了似珊瑚豆子一般的果实，累垂可爱。进了房屋，雪洞一般，一色玩器全无，案上只有一个土定瓶，里面供着数枝菊花，并两本书、茶奁茶杯而已。这里不过是粗瓶里插着数枝菊，淡雅却清丽。

《红楼梦》第五十回的红梅则是惊艳了。贾宝玉踏雪从栊翠庵折了一枝红梅，这枝梅花只有二尺来高，旁有小横枝纵横而出，约有五六尺长，其间小枝分歧，或如虬螭，或如偃蚓，或孤削如笔，或密聚如林，花吐胭脂，香欺兰蕙。

曹雪芹出身大家，自然对瓶花极为讲究。曹寅的《楝亭集》中有关插花的诗就不下十首，《楝亭诗别集》卷一中《腊夜折蜡梅置瓶中索调玉画》诗云:“乍离烟火未知春，折向青阳解笑人。风勒金铃私泽语，雪侵鸦额胜簪银。和盐自拟调新水，贮屋终须远市尘。怪是罗浮错消息，绿窗呵笔对传神！”

美人觚

觚本是古代酒器，青铜制，盛行于中国商代和西周初期，喇叭形口，细腰，鼓腹，高圈足，像是一个细腰长身的美人。因此，觚也被叫作美人觚。

大约是因为觚的形状优美的缘故，觚后来渐渐不用来喝酒了，而是用来插花。用来插花的觚便叫作花觚，花觚除了用青铜制作，也开始用以瓷制，给人的感觉更加细腻温润。

花觚的功能便跟花瓶一样，是士大夫表达自己闲逸之趣的一种方式。但是比之花瓶，花觚更多了古雅的气息，因此也更受喜爱。

花觚始于元代，主要流行于明代嘉靖、万历至清乾隆这一段时期。常见的有五彩花觚和青花花觚两种。花觚上经常会画一些精致的装饰画，题材有人物故事、民间传说、缠枝花卉或是花鸟等。著名的有青花缠枝莲纹花觚、珊瑚红釉花觚、青花五彩人物图花觚、青花山水人物图花觚等。

很多名画里也画到了花觚，如《瑶台步月图》《汉宫图》里都有花觚的存在。

《红楼梦》第三回中，黛玉初到荣国府，但见王夫人的起居室内，“两边设一对梅花式洋漆小几。左边几上文王鼎匙箸香盒，右边几上汝窑美人觚——觚内插着时鲜花卉”。

这里的美人觚是用汝窑的青瓷做成的，汝窑是宋代五大名窑之首，有天青、豆青、粉青诸品。雨过天青色的汝窑美人觚上错落有致地插着各色鲜花，一古雅一妍丽，确是别致之美了。

莫辞来去递诗筒

“诗筒”亦作“诗筩”，日常吟咏唱和书于诗笺后，可供插放的用具。诗筒多以竹制，取清雅之意。

钱起的《裴侍郎湘川回，以青竹筒相遗，因而赠之》云：“楚竹青玉润，从来湘水阴。缄书取直节，君子知虚心。入用随宪简，积文不受金。体将丹凤直，色映秋霜深。宁肯假伶伦，谬为龙凤吟。唯将翰院客，昔秘瑶华音。长跪捧嘉贶，岁寒惭所钦。”钱起的诗中所说的竹筒，显然是用来贮存书籍的。李白的《酬宇文少府见赠桃竹书筒》诗中也提到了朋友赠给他桃竹用以贮书：“桃竹书筒绮绣文，良工巧妙称绝群。灵心圆映三江月，彩质叠成五色云。中藏宝诀峨眉去，千里提携长忆君。”

诗筒不仅可以用来贮存书籍，更重要的是可以用以诗文往来。在唐代诗歌的当时传播中，诗筒发挥了重要作用。诗筒一般是先用竹子制成竹筒，写诗者将写好的诗卷装进竹筒，然后封筒、题签，交给邮吏。收到诗筒的人打开题签，将诗卷抽出阅读，阅读之后可以将诗卷重新放回长久保存，以备随时阅读，也可转寄他人。

元稹和白居易的诗文往还如杭越唱和，多依赖诗筒传递。白居易《醉封诗筒寄微之》:“一生休戚与穷通，处处相随事事同。未死又怜沧海郡，无儿俱作白头翁。展眉只仰三杯后，代面唯凭五字中。为向两州邮吏道，莫辞来去递诗筒。”白居易也用诗筒来存书，《秋寄微之十二韵》中有“忙多对酒榼，兴少阅诗筒”。

诗筒的制作见载于褚松窗的《竹刻脞语》:“截竹为筒，圆径一寸或七八分，高三寸余，置于案头或花下，分题斋中咏物零星诗稿，置之是中，谓之诗筒，明末清初最多。圆径相同，长七八寸者，用檀木作底盖，以铜作胆，刻山水人物，地镂空，置名香于内焚之，香气喷溢，置书案间或衾枕旁，补香篝之不足，名曰香筒。”

辘轳金井梧桐晚

纳兰容若曾写过一首《如梦令》:“正是辘轳金井，满砌落花红冷。蓦地一相逢，心事眼波难定。谁省？谁省？从此簟纹灯影。”

井边幽深，青苔蔓生，而落花成阵，芬芳满怀。这场景，清冷而又凄美。

像是前生记忆中的一样。

金井，是古代诗家用以描述井栏雕饰华美之井。在古代，宫廷或者富贵人家常常在井边装有雕栏，而井边常植梧桐，幽静清丽。

夏日炎炎，而井边清凉，上有梧桐树的浓荫，下有散发着大地深沉气息的井水。

在李后主的一首《采桑子》里出现过:“辘轳金井梧桐晚，几树惊秋。”韦庄的《更漏子》中也写到了金井:“钟鼓寒，楼阁暝，月照古桐金井。”

纳兰在其他作品中也常使用“金井”这一意象，如《忆江南》中的“淅沥暗飘金井叶，乍闻风定又钟声，薄福荐倾城”，《虞美人》中的“绿荫帘外梧桐影，玉虎牵金井”。

他是在怀念在井边初遇的一个人，一个正当最好的年华的少女。

当他提笔落下那句“正是辘轳金井”时，心中定是温柔无限。回想起了很多年前，少年纳兰与初恋女子在井边邂逅，刹那间，心中怦然一动，如千树花开。

水墨青花

青花瓷，玉一般清冷的瓷片上印着几枚青花，仿佛明代山水画一般明洁熨帖，又如一阕宋词般清雅婉约。

执起一杯青花瓷，静观青花，只觉袅袅有禅意。消逝了所有的烟火气，素淡、清雅、悠长，清心自映。

若是雨夜，在一个青花瓷杯里倒满热茶，碧绿的茶叶在清白的瓷杯中沉沉浮浮，茶香氤氲，无论是多么浮躁的心也都宁静了。

若是身处江南，面对一杯青花瓷的清茶，忽然响起轻轻的叩门之声，披衣开门，门吱呀一声开了，门外站着的却是风尘仆仆的故人。二人四目相对，都是呆了。心中翻江倒海，面上却还是淡淡的，道，坐下喝杯茶吧。

周杰伦的《青花瓷》仿佛唱出了这些心事。“素胚勾勒出青花笔锋浓转淡，瓶身描绘的牡丹一如你初妆，冉冉檀香透过窗心事我了然，宣纸上走笔至此搁一半……”天青色等雨，而我在等你。那样温润的颜色，用雨过天青色来形容，竟是再妙不过。

这青瓷中可斟一杯新酿的果酒，浅淡芬芳的气息，如少女的脸颊。两人对坐互斟，微醺之时，想起年轻时的岁月。“桃李春风一杯酒，江湖夜雨十年灯。”

这青瓷中亦可斟一杯青碧的绿茶。周作人的《雨天的书》中写道：“喝茶当于瓦屋纸窗之下，清泉绿茶，用素雅的陶瓷茶具，同二三人共饮，得半日之闲，可抵十年的尘梦。”青瓷中的茶，比酒，更多了一些温厚，而酒却更增醇美。

原始青花瓷于唐宋已见端倪，成熟的青花瓷则出现在元代景德镇的湖田窑。明代青花成为瓷器的主流。明清时期还创烧了青花五彩、孔雀绿釉青花、豆青釉青花、青花红彩、黄地青花、哥釉青花等衍生品种。景德镇陶瓷的瓷质“白如玉、明如镜、薄如纸、声如磬”，青花、玲珑、粉彩、颜色釉，合称景德镇四大传统名瓷。

那些本是来自大地的泥土，经过烟火熏陶锻造，竟然成了光洁清美有如玉石一般的瓷片。

徐志摩曾经写过这样的句子：“轻吟一句情话，执笔一幅情画。绽放一地情花，覆盖一片青瓦。共饮一杯清茶，同研一碗青砂。挽起一面轻纱，看清天边月牙。爱像水墨青花，何惧刹那芳华。”

静听松风寒

中国古代八大雅事是琴、棋、书、画、诗、酒、花、茶。据说善琴者通达从容，善棋者筹谋睿智，善书者至情至性，善画者至善至美，善诗者韵至心声，善酒者情逢知己，善花者品性怡然，善茶者陶冶情操。

嵇康在《琴赋》中说："众器之中，琴德最优。"陶渊明也爱琴，曾吟道："但识琴中趣，何劳弦上声。"琴之真趣在弦声之外，弹琴就是为了得到弦外之意趣。

宋代《琴史》中有载："昔圣人之作琴也，天地万物之声皆在乎其中矣。"那古琴声中，有万壑松风之意。而抚琴也对环境氛围颇有讲究，或独坐静室，焚香抚琴，或松下泉边，琴对清风明月。

春秋时的俞伯牙在深山之中弹着《高山流水》，却不知一个无意中路过的樵夫钟子期，完全听懂了他琴中的种种感情与变化。俞伯牙大喜过望，立刻引为知音。来年俞伯牙再来寻钟子期时，却被告知他已去世。俞伯牙寻到他坟前，坐下弹了最后一次琴。他从此不再弹琴了。知音不再，茫茫人海，他又弹给谁听呢？《高山流水》从此便成绝响。

唐代刘长卿叹道：“泠泠七弦上，静听松风寒。古调虽自爱，今人多不弹。”王维：“独坐幽篁里，弹琴复长啸。深林人不知，明月来相照。”宋代岳飞半夜里无法入睡，独望明月，叹道：“欲将心事付瑶琴，知音少，弦断有谁听？”他们都是孤独的。

宋代苏轼也精通音律，爱听琴，他曾作过一首《行香子》：“清夜无尘，月色如银。酒斟时，须满十分。浮名浮利，虚苦劳神。叹隙中驹，石中火，梦中身。虽抱文章，开口谁亲。且陶陶，乐尽天真，几时归去，做个闲人。对一张琴，一壶酒，一溪云。”

想要撇下这纷繁芜杂的世界，去做个清闲之人。终日，便只对着一张琴，一壶酒，一溪云，这是多少身处俗世中的人心中所梦寐以求的生活呢。

一缕埙音

《旧唐书·音乐志》说:“埙，立秋之音，万物曛黄也，埏土为之……”埙的音色很特别，古朴醇厚、低沉悲壮，带有远古时代遥远的记忆。尤其适合在秋天演奏，仿佛是从秋天这个季节深处走出的灵魂之音。

想象一个明净的深秋，有月亮的夜晚，用埙吹一首古曲，呜呜的，乐音凝成一线，遥遥地向天际飞去了。那是一种来自远古的声音。听着，听着，眼里便蓄满了泪。

很多心事便溶解在这古朴的埙曲中了。非常安静的音乐，低沉，浑厚，深入人心底去。这样的音乐适合闭上眼静静回忆，静静伤感。这时，即使有泪从面上落下，也是清澈而温暖的。

埙是古代用陶土烧制的一种吹奏乐器，圆形或椭圆形，有六孔，亦称“陶埙”。三千多年前，中国古代依据制造材料的不同，把乐器分为金、石、土、革、丝、竹、匏、木八种，称为八音。八音之中，埙独占土音，在整个古乐队中起到充填中音、和谐高低音的作用。古人说:“正五声，调六律，刚柔必中，清浊靡失。将金石以同功，岂笙竽而取匹？”

相传，埙起源于一种叫“石流星”的狩猎工具。在古时候，人们常常用绳子系上一个石球或者泥球，将石球(或泥球)投出去击打鸟兽。最古老的那首诗，《吴越春秋》记载的这首《弹歌》:“断竹续竹，飞土、逐宍。”说的也是把竹子做成弓箭弹出土块去打鸟兽的事情。

人们在用石流星打猎的过程中，有时会听到一些悦耳的声音。原来，有的球体中间是空的，一投出去，风经过空的孔隙便能发出乐音。人们觉得这乐音好听，打猎之余，索性就把武器放在嘴边呜呜地吹，于是这种石流星就慢慢地演变成了埙。

最初，埙大多是用石头和骨头制作的，后来发展成为陶制的，形状也有多种，如扁圆形、椭圆形、球形、鱼形和梨形等，其中以梨形最为普遍。埙上端有吹口，底部呈平面，侧壁开有音孔。最早的埙只有一个音孔，后来逐渐发展为多孔，一直到公元前三世纪末期才出现六音孔埙。

在中国古代宫廷中，埙分为颂埙和雅埙。所谓雅埙，指体积大(“大如鹅卵，谓之雅埙”)，在雅乐中应用；所谓颂埙，指体积小（“小者如鸡子，谓之颂埙”)，常在雅乐之外的其他宫廷音乐中应用。

我还记得少年时看《大明宫词》，我被那瑰丽的布景和华美的语言迷得神魂颠倒，而里面的配乐《长相守》，正是用埙缓缓吹出来的。仿佛一个历经沧桑的老人在慢慢回忆过去的故事，古朴悠扬，无法形容，仿佛回到了那个大唐盛世的年代。长安月下，一壶清酒，一束桃花。心如烛光，渴望在幻想中点亮。

碧海潮生按玉箫

弄玉吹箫，大概是中国古代关于神仙眷侣最浪漫的传说了。刘向的《列仙传》记载："萧史者，秦穆公时人也。善吹箫，能致孔雀白鹤于庭。穆公有女字弄玉，好之，公遂以女妻焉，日教弄玉作凤鸣。居数年，吹似凤声，凤凰来止其屋。公为作凤台，夫妇止其上不下数年。一旦，皆随凤凰飞去。故秦人为作凤女祠于雍宫中，时有箫声而已。"

有一天，萧史和弄玉两人正在月下的凤凰台上吹箫，引来了一龙一凤，停在凤台旁侧。仿佛心有灵犀一般，两人对视一眼，微微一笑。

于是弄玉带着碧玉笙乘上紫凤，萧史带上赤玉箫跨上金龙，在箫声与笙音中，两人双双飞入皓月星空。

月下吹箫的意境非常美，素有"月下箫声"的说法。唐代杜牧就曾写过"二十四桥明月夜，玉人何处教吹箫"，宋代姜夔也曾作有"自作新词韵最娇，小红低唱我吹箫"。而苏东坡在他的《前赤壁赋》更是细细刻画了箫声的柔静忧郁："其声呜呜然，如怨如慕，如泣如诉。余音袅袅，不绝如缕。舞幽壑之潜蛟，泣孤舟之嫠妇。"大约明月流光，把那清朗的箫声浸润得更加通透明亮。

金庸笔下的黄药师擅长吹箫。东邪黄药师手中持一支玉箫，出场未见其人，先闻箫声。“桃花影落飞神剑，碧海潮生按玉箫”，这桃花岛上的对联主要是讲黄药师的两门绝招：落英神剑掌和碧海潮生曲。于他，吹箫不仅是风雅之事，还是一门绝顶武功。黄药师吹箫可以把欧阳克的蛇群吓退，可以引出周伯通，可以与洪七公的长啸、欧阳锋的铁筝相抗衡。

后来，黄药师的关门小弟子程英继承了他的武功和玉箫。再后来，程英爱上了杨过。程英便把少女纯洁的心事，含蓄而优美，在土屋外的月下，用玉箫轻轻吹了一首《淇奥》。

这首琴曲温雅平和，杨过但听她吹的翻来覆去总是头上五句：“瞻彼淇奥，绿竹猗猗，有匪君子，如切如磋，如琢如磨。”或高或低，忽徐忽疾，始终是这五句的变化，却颇具缠绵之意。杨过知道这五句出自《诗经》，是赞美一个男子像切磋过的象牙那么雅致，像琢磨过的美玉那么和润。

月下的箫声用来诉说少女雅致和润、含蓄韵致的心事最合适不过了。就算是含着淡淡的忧伤，也是绝美的。

徐悲鸿曾经为妻子蒋碧薇画过一幅吹箫之图，名字就叫《箫声》。画中的蒋碧薇短发雪肤，素朴衣裳，持着一支长箫，她的眼眸是幽深的，神情是专注的，让人不由自主地侧耳倾听，仿佛有悠悠箫声自画中袅袅而来。远处隐隐有田园幽景，白鹤横飞。

那时，他还深深地爱着她。画中吹箫的她，是那样娴静幽美。

像是一阕玲珑的小词。

落梅横笛已三更

笛子是一种非常古老的吹管乐器。近年来在浙江余姚河姆渡出土的文物中就有与现在六孔笛十分相似的骨笛，距今已有七千年的历史，是迄今为止发现的最古老的乐器。

笛在古代称为“篴”。黄帝时期，黄河流域生长着大量的竹子，清雅可爱，人们开始选竹为材料制笛。《史记》记载“黄帝使伶伦伐竹于昆谿、斩而作笛，吹作凤鸣”。

秦汉时期已有了七孔竹笛，汉代许慎的《说文解字》有“笛，七孔，竹箫也”的记载。

笛声是悠扬明亮的，可欢快可悲伤。关于笛子的诗词，我最喜欢的是陈与义的《临江仙》。

“杏花疏影里，吹笛到天明”，这十个字绝美到不食人间烟火。杏花疏影，流月无声，如此芬芳美景之中，持一支竹笛，静静地吹着一支曲儿，直到日光熹微。

“杏花疏影里，吹笛到天明。”我初次读这样的词句时，只觉似有馥郁花香扑面而来，清美难言，却隐藏着一份不易察觉的倔强。

漫天的杏花，小小的花瓣，如同新雪一般，在皎洁月色下轻轻飘洒。心中似有千言万语，却不知如何倾诉。在风露中伫立良久，终于缓缓取出一支青碧的竹笛，一缕笛音，悠悠而起。

有多少话语融进了那幽幽的杏花香气中，又有多少心思浸润了那悠悠的笛音?

一切尽在不言中。

只笛音清亮，暗香浮动。

在非常美的场景之中，人通常会感到一种宁静平和的心态，仿佛得到了世间的所有，又仿佛无牵无挂，不萦于心。

《词源》中评论:“词之难于小令，如诗之难于绝句。不过十数句，一句一字闲不得。末最当留意，有有余不尽之意始佳。当以花间集中韦庄、温飞卿为则，至若陈简斋‘杏花疏影里，吹笛到天明’，真是自然而然。”

泰戈尔的《飞鸟集》中有这么一段关于笛子的温柔的散文诗:“静听，我的心。他的笛声，就是野花的气息的音乐，闪亮的树叶、光耀的流水的音乐，影子回响着蜜蜂之翼的音乐。笛声从我朋友的唇上，偷走了微笑，把这微笑蔓延在我的生命上。”

琵琶弦上说相思

昭君出塞的经典画面，便是正当妙龄的红妆美人怀抱着琵琶，乘车行在大漠风沙之中。

其实历史上最早抱琵琶出塞的是刘细君，她还作了一首著名的《黄鹄歌》:“吾家嫁我兮天一方，远托异国兮乌孙王。穹庐为室兮毡为墙，以肉为食兮酪为浆。居常土思兮心内伤，愿为黄鹄兮归故乡。”

想那茫茫大漠之中，一位汉族女儿愁眉微蹙，怀抱琵琶，纤手拨弦，唱的便是这首悲伤的《黄鹄歌》。只是文人墨客对昭君出塞歌咏甚多，反而使刘细君默默无闻了。

明代吴从先的《小窗自纪》中“雅俗共倾，莫如音乐”一节:“雅俗共倾，莫如音乐。琵琶叹于远道，箜篌引于渡河，羌笛弄于梅花，鹅笙鸣于彩凤。不动催花之羯鼓，则开拂云之素琴；不调哀响之银筝，则御繁丝之宝瑟。磬以云韶制曲，箫以天籁著闻，无不入耳会心，因激生感。”

而白居易最经典的关于琵琶的作品，还是那首《琵琶行》。唐宪宗元和十年（公元 815 年），白居易被贬为九江郡司马。在一个秋意瑟瑟的夜晚，他在湓浦口送客，却不料听到了珠落玉盘一般的琵琶弹奏声，铮铮然有京都流行的声韵。

白居易循声问去，一位怀抱着琵琶的妇人低首缓步而出。一番交谈之后，妇人便为白居易等人弹了一曲琵琶。妇人的弹奏水平极高，“嘈嘈切切错杂弹，大珠小珠落玉盘。间关莺语花底滑，幽咽泉流冰下难。冰泉冷涩弦凝绝，凝绝不通声暂歇。别有幽愁暗恨生，此时无声胜有声。”琵琶声毕，妇人幽幽诉说起了少年之欢乐以及现今之憔悴，白居易心有所感，不由得叹道“同是天涯沦落人，相逢何必曾相识”，于是，他便作下这首长诗《琵琶行》，成为千古流传的杰作。

宋代晏小山的词中也有“琵琶弦上说相思，当时明月在，曾照彩云归”之句。当年那个情投意合的美人儿，轻轻弹拨着怀中的琵琶，那宛转动听的琵琶声中都浸满了相思的情意。

卷却罗袖弹箜篌

欧洲有一种精致高雅的乐器叫竖琴。竖琴音色柔和美妙，余韵悠长。其实中国古代也有“竖琴”，叫箜篌。

箜篌是中国汉族十分古老的弹弦乐器，最初称“坎侯”或“空侯”。在古代，除宫廷雅乐使用外，箜篌在民间也广泛流传，古代有卧箜篌、竖箜篌、凤首箜篌三种形制。

《史记·封禅书》中记载：“于是塞南越，祷祠泰一，后土，始用乐舞，益召歌儿，作二十五弦及箜篌琴瑟自此起。”唐代杜佑的《通典》中写道：“汉武帝使乐人侯调所做……今按其形，似瑟而小，七弦，用拨弹之如琵琶也。”此属琴瑟类的卧箜篌。

竖箜篌是汉代自西域传入中原的，后被称为“胡箜篌”。《隋书·音乐志》记载：“今曲项琵琶、竖头箜篌之徒，并出自西域，非华夏之乐器。”唐代人称演奏箜篌又叫“擘箜篌”，演奏时把箜篌竖抱于怀中，两只手一起弹奏。传说汉灵帝很喜欢这一乐器。《通典》中记载：“竖箜篌，胡乐也，汉灵帝好之，体曲而长，二十二弦，竖抱于怀中，而两手齐奏，俗谓‘擘箜篌’”。

不过箜篌从十四世纪后期就不再流行，渐渐消失在历史的长河中了，只能在汉魏壁画上见到一些弹奏箜篌的人像。

唐代卢仝曾作过一首《楼上女儿曲》，中间有一句“直缘感君恩爱一回顾，使我双泪长珊珊”。也当是承《古相思曲》中这句“只缘感君一回顾，使我思君朝与暮”而来，只是将《古相思曲》中寄托相思的乐器由弹琴变成了弹奏箜篌：

谁家女儿楼上头，指挥婢子挂帘钩。

林花撩乱心之愁，卷却罗袖弹箜篌。

箜篌历乱五六弦，罗袖掩面啼向天。

相思弦断情不断，落花纷纷心欲穿。

心欲穿，凭栏干。相忆柳条绿，相思锦帐寒。

直缘感君恩爱一回顾，使我双泪长珊珊。

我有娇靥待君笑，我有娇蛾待君扫。

莺花烂漫君不来，及至君来花已老。

心肠寸断谁得知，玉阶幂历生青草。

女子将满腔的相思诉于箜篌之中，乐声却纷乱无章。女子忍不住掩面而轻泣。落花阵阵，心痛欲绝，她忍不住想起初遇时的情景。都是男子那温柔的一回眸呀，让她从此泪痕未曾干过。正是春色灿烂之时，而她笑靥如花，秀眉如蛾，这样美丽的时候，男子却不来，等他来的时候，女子韶华已逝，容颜渐老，为此柔肠寸断，然而有谁知道呢？那台阶上，青草在风中轻轻摇曳，年年生了又生。

后来台湾诗人席慕蓉以此为典，作下了一首《古相思曲》，是雅美极了的句子：

在那样的古老的岁月里，

也曾有过同样的故事。

那弹箜篌的女子也是十六岁吗？

还是说，今夜的我，

就是那个女子，

就是几千年来弹着箜篌等待着的，

那一个温柔谦卑的灵魂。

就是在樱花烂漫时蹉跎着哭泣着的，

那同一个人……

闲敲棋子落灯花

人生八雅，为琴、棋、书、画、诗、酒、花、茶，其中琴、棋、书、画，更是雅中之雅。宋代孙光宪的《北梦琐言》卷五中记载："唐高测，彭州人。聪明博识，文翰纵横。至于天文历数，琴棋书画，长笛胡琴，率梁朝朱异之流。"当真乃风雅人也。

《金瓶梅》中，西门庆有"琴棋书画"四个书童，这个创意启发了曹雪芹，于是，在他笔下的《红楼梦》里，贾府中四个小姐的丫鬟分别为抱琴、司棋、侍书、入画。

在琴棋书画之中，棋指的是围棋。围棋是中国古老的棋戏之一。围棋的黑白二子象征日月阴阳昼夜；圆形棋子象征天象苍穹，棋盘可比作地象四方。人生也如同一盘棋。围棋又有别名，叫作"手谈"和"坐隐"。宋代沈括曾经在《梦溪笔谈》中计算了棋局的变化总数，为3的361次方。所以古人有云："自古及今，弈者无同局。"

晋代张华在《博物志》中亦说："舜以子商均愚，故作围棋以教之。"至少在春秋时期，围棋竞玩已较普遍。我国把顶级围棋高手称为"国手”。第一个有记载的国手是战国初期的弈秋，他是“国手”的鼻祖，在《孟子》中有记载，说弈秋是“通国之善弈者”。

早期的围棋多为木质，汉代有石质围棋，隋代则有瓷质棋盘，至于玉质围棋的始现，目前最早见于唐代苏鹗《杜阳杂编》卷下所载：“唐宣宗大中，日本国王子来朝，献宝器音乐，上设百戏珍馔以礼焉。王子善围棋，上敕顾师言待诏为对手，王子出楸玉局、冷暖玉棋子。云本国之东三万里，有集真岛，岛上有凝霞台，台上有手谈池，池中生玉棋子，不由制度，自然黑白分焉，冬温夏冷，故谓之‘冷暖玉’。”这冷暖玉棋子天然黑白分明，且玉质温润，冬暖夏凉，可谓至宝。

两汉和三国时期，围棋发展很快，围棋在社会上非常普及，围棋向朝鲜、日本流传也是这个时期。东汉历史学家班固就曾经写过一篇《弈旨》，论述围棋。东吴的开国之主孙策经常和手下的人边下棋边讨论军机要事。现存最早的棋谱《孙策召吕范谱》，就是孙策和谋士吕范写的。

魏晋时“建安七子”之一王粲善于下棋。有一次，别人下棋，王粲在旁观战，不小心有人把棋局弄乱了，王粲单凭记忆，很快重新摆出了原来的棋局，旁人都目瞪口呆。为了考验王粲，他们用布把复盘的棋局盖起来，请王粲再重摆一遍。于是王粲又摆了一遍，一比对，分毫不差。

晋代才子谢安也很爱下棋，甚至边打仗边下棋，手下来报前方局势如何吃紧时，他胸有成竹，意态潇洒，一边部署作战，一边还继续下棋，下完了棋，前面仗也打赢了。

古人对下棋的意境也十分讲究，所谓棋境。有竹下对弈、花下对弈、山中对弈、夜深对弈等。如唐代白居易的《池上二绝》就写了竹下对弈：“山僧对棋坐，局上竹阴清。映竹无人见，时闻下子声。”宋代赵师秀的《约客》则写了花下对弈：“黄梅时节家家雨，青草池塘处处蛙。有约不来过夜半，闲敲棋子落灯花。”

春风举国裁宫锦

唐代李商隐曾作《隋宫》:“乘兴南游不戒严，九重谁省谏书函。春风举国裁宫锦，半作障泥半作帆。”宫锦是专供宫廷使用的锦。锦是指丝织品，原意为精致丝织品，上面多织有四季花卉、花鸟虫鱼、亭台楼阁、小桥流水和山水风景等美丽图案。

中国有四大名锦，为南京云锦、广西壮锦、苏州宋锦、成都蜀锦。其中最著名的是南京云锦。

云锦有“寸锦寸金”之称，因其色泽光丽灿烂，美如天上云霞而得名，使用的是“通经断纬”技术，挖花盘织、妆金敷彩，织出逐花异色的效果，主要有“花缎”“织金”“织锦”“妆花”四类，尤以“织金”与“妆花”两种工艺成就最高。

古代宫中所用云锦的制作材料更加考究，多为金线银丝、真丝、绢丝、各类鸟禽羽毛等，自然更加精致华美、绚丽多彩。

前秦苻坚时有一才女苏惠，传说她三岁学画，四岁作诗，五岁抚琴，九岁织锦，十岁绣花。她后来嫁给了右将军窦真之孙窦滔。但是窦滔奉命出镇襄阳后，在当地另有所爱。为了挽回丈夫的心，苏惠把对丈夫的思念之情写成回文诗，用五彩丝线一针一线和着眼泪和心血精心织在了一块锦帕上。

一幅仅八寸的方锦中，用五彩丝织成841个字，安排非常巧妙，顺读、回读、横读、斜读、交互读、蛇行读、退一字读、重一字读、间一句读、左右旋读，皆成诗章。苏惠曾道："徘徊宛转，自为语言，非我佳人，莫之能解。"

这样的心思，真是千回百转，荡气回肠，玲珑璇玑巧心思。窦滔接到锦帕之后，惊讶于妻子的绝世才华和玲珑心思，于是回心转意，与妻子重修旧好。窦滔当即派遣人马到长安接来了苏蕙。

这"璇玑图"一出世，便震惊世人。但关于"璇玑图"中"璇玑织锦诗"的读法，相传最开始时只有苏蕙夫妻能读。后来，历代都有探新，不断增加诗的首数。宋、元年间，有位叫起宗道的人，将全诗分为七图，读出了3752首诗；到了明朝，经史学家康万民从七图中又分出一图，得诗4206首。后人又推读出7958首。唐朝武则天还曾专门为苏惠与《璇玑图》撰写序文。

但后世诗人多有为苏蕙抱不平，认为窦涛薄幸辜负了苏蕙。北宋诗人黄庭坚写了《织锦璇玑图》一首诗曰："千诗织就回文锦，如此阳台暮雨何？只有英灵苏蕙子，更无悔过窦连波。"

承露丝囊世已无

荷包是中国汉族传统服饰中，人们随身佩带的一种装零星物品的小包。荷包的前身叫“荷囊”。荷者，负荷；囊者，袋也。所谓“荷囊”，意思就是用来盛放细物的小袋。

唐代封演的《封氏闻见记·降诞》记载：“玄宗开元十七年，丞相张说遂奏以八月五日降诞日为千秋节，百寮有献承露囊者。”杜牧《过勤政楼》诗：“千秋令节名空在，承露丝囊世已无。”这承露囊，也就是荷包。百官献囊名曰“承露囊”，隐喻为沐浴皇恩。民间仿制为节日礼品相馈赠，用作佩饰，男女常佩于腰间以盛杂物。唐代妇女尤其喜欢佩带荷囊。

“荷包”这一名称出现在宋代以后。

明清时期，清代皇帝在年终多用荷包赏赐给大臣。

荷包在明清时也叫“茄袋”“顺袋”。

清代的荷包通常以丝织物做成，上施彩绣，更加精致小巧、华美灿烂。《旧都文物略》记：“荷包巷所卖官样九件，压金刺锦，花样万千。”荷包上常绣花卉、鸟、兽、草虫、山水、人物以及诗词文字。

荷包里常常放着的，便是可以用来一饱口福的小零食。这时的荷包，也是一种可以用来承载爱情的小信物。

在金庸小说《白马啸西风》中，荷包是少女李文秀满是甜蜜的小心事。从少年苏普那里要来他捉到的天铃鸟之后，过了几天，李文秀做了一只小小的荷包，里面装满了麦糖，拿去送给苏普。

其实那时候，她便已经暗暗喜欢上了这个粗豪但是善良的少年。那个装满麦糖的荷包，正是小小少女最初萌发的羞涩心愿。可惜，这沉默的爱意未能宣之于口，就这么静静地埋藏在少女心中，成了被时光掩藏的秘密。

葳蕤翠帐缀香囊

我在少年时曾读过很多关于香囊的古典诗词，我读这些诗词时只觉唇齿含香。那娟秀古雅的香囊，是中国女子的温婉柔静的梦境。

我曾经也做过一个香囊。深秋有一日在校园里散步，桂花开得正好，那香气让人遍体清朗舒爽。于是寻出一块浅蓝色的布，用白色的线细细缝了一个素净的小布袋，然后把细小如米粒的桂花收集在小布袋子里，再把布袋缝起来，晚上睡觉时放在枕头旁边，一闭眼，仿佛置身于深秋的桂花树林之中。

真正古典意义上的香囊，是精巧细致至极了的，是用五色丝线在彩色的丝绸上绣制出极精美的图案，再缝制成玲珑别致的小绣囊，细密均匀的针脚里，尽是女孩子温柔缱绻的心思。

旧时的闺中女子通常会身佩香囊。香囊里放满各式香草香花，如白芷、川芎、芩草、佩兰、薄荷等香味不同的植物。想象那少女纤柔的身段、腼腆的笑容，腰间香囊将她整个人点缀得更为清灵曼妙。她款款迎风而来，芬芳满径，如宋元山水画一般叫人心中熨帖明洁。

也有的女子把香囊系于床帐或车辇上。“屈曲屏风绕象床，葳蕤翠帐缀香囊。”精致的小屏风，光洁的象牙床，锦帐上悬着一枚精致的香囊。烛影摇曳，香囊便浴在了满屋子的旖旎暖色之中。屋子里满是香，古意袅袅的暖香。

香囊是以锦制作，因而词牌名中还有“锦香囊”，欧阳修曾以此词牌名填了一首满蕴柔情的词：“一寸相思无著处。甚夜长相度。灯花前、几转寒更，桐叶上、数声秋雨。真个此心终难负。况少年情绪。已交共、春茧缠绵，终不学、钿筝移柱。”那个在寒夜灯花前听着梧桐雨声思念心上人的女子，她心中这安静而忧伤的相思便如那锦香囊的香气一般馥郁。

在古代，香囊是重要的定情信物。那英俊男子依依惜别心爱女子时，女子就会珠泪盈眶地将自己亲手绣的香囊郑重地系于情郎腰间，取“深盟在，香囊暗解，终值双鸳”之意。秦观的词中也有“销魂，当此际，香囊暗解，罗带轻分”。

《红楼梦》中黛玉答允宝玉要做个香囊给他，于是顾不得自己娇怯怯的身子，一针一线地绣满了温柔。结果香囊还没绣好，黛玉误会宝玉把自己送他的荷包给了别人，便赌气把正给他做的香囊也剪了。宝玉已见过这香囊，虽尚未完成，却十分精巧，费了许多功夫，他不由得忙把衣领解了，从里面红袄襟上将黛玉所给的那荷包解了下来给她看。两人和好后，宝玉便哄她说：“好妹妹，明儿另替我作个香袋儿罢！”黛玉道：“那也只瞧我高兴罢了。”她虽然嘴上这么说，心里却早是软了。潇湘馆内凤尾森森，龙吟细细，她送他出来，回来却在茜纱窗下想着，明日里就再开始做一个香囊吧，做好了，再送给他。

小儿女的情怀，风光霁月，芬芳满怀。那是宝玉和黛玉的无瑕时光，任由年华盛放，只觉岁月静好。他一心一意地宠着她、哄着她，她使着小性儿不依不饶，而心下却是欢喜的。多好啊，他恋着她，她也恋着他。

小小一枚香囊，却系住了一段可以永恒的温静时光。香气馥郁，在心中低徊，永不散去。

红罗复帐金流苏

流苏是一种中国古典装饰，它总给人一种柔美的感觉，典雅而风情。流苏也是具有中国古典韵味的小物件，可以作为发饰，作为灯饰，作为床帐中的小装饰，也可以作为乐器上的小点缀。

人们常常称的“金穗”就是金色的流苏，它常常挂在灯笼的下面作为装饰。“香灯半卷流苏帐”，说的就是床帐中的流苏，旖旎温软。

我在博物馆看到过一支碧玉玲珑簪，缀下细细的银丝串珠流苏。忍不住想起千年以前，是谁将它插在女孩秀发之上？又有谁曾轻轻替她拔下这支带流苏的柔媚发簪？

李清照的《浣溪沙》中有：“朱樱斗帐掩流苏。”朱樱是指绣有樱桃花或樱桃果串的方顶小帐。红樱斗帐为流苏所掩。宋代贵族女子的闺房摆设华美精致，典雅娴静，极其唯美。让人也忍不住想起五代花间词里种种秾纤的意象。

那个精致的年代，那些古典的情怀，繁华朝代，如梦过往，旧时传说。

古鲜卑族部落有流苏姓氏，后演变为慕容。以流苏做姓，也是风雅。

流苏还是一种发髻的名称。据记载，元朝有个叫轻云的女子，她的头发很长，每次梳头的时候都要站在床上。但是即便如此，头发还是会垂到地上。绾了发髻之后，左右剩下的头发，每绺都有一指粗，然后结束作同心带，垂在两肩，饰以珠翠，这就叫流苏髻。

一砚梨花雨

笔墨纸砚，都是浸满书卷气的事物。而在这四件玲珑事物中，砚便如一阕纳兰的小令，清丽而安静。古代文人以文墨为生，所以有以砚为田、以笔为耕之谓，进而砚台又有砚田之称。砚田之名隐有禅意。就在这一方端砚上，耕着心中的一亩田。

《红楼梦》中香菱最初喜欢陆放翁的“重帘不卷留香久，古砚微凹聚墨多”，那是细巧的意趣，这两句诗出自陆游的闲笔《戏作长句二首》:“美睡宜人胜按摩，江南十月气犹和。重帘不卷留香久，古砚微凹聚墨多。月上忽看梅影出，风高时送雁声过。一杯太淡君休笑，牛背吾方扣角歌。”

虽然没有生命的感慨在其中，可是那古砚微凹，中有余墨，而那重帘不卷，墨香萦绕，帘内饱蘸浓墨的笔尖仿佛才刚刚搁下。

宋代词人周晋午后入梦，醒来后，陡起春愁，挥之不去，所以卷起帘子，想将愁绪放将出去。白日是如此漫长，独自一人便乘着小舟去拜访好友。在牟家花园，他在砚台上研墨，刚提起笔来，梨花纷落如雨。于是，他写下了一首《点绛唇》:“午梦初回，卷帘尽放春愁去。昼长无侣，自对黄鹂语。絮影苹香，春在无人处。移舟去。未成新句，一砚梨花雨。”

最美是最末一句“一砚梨花雨”。提笔欲写，却发现砚台上落满了清寒的梨花。此情此景，已是一首雅韵天成的诗。

清代才女叶小鸾的舅舅沈自炳得到三块上好的砚材，做成三方砚“眉子、眉娘、眉珠”，送给三位才貌双全的外甥女。三妹叶小鸾得眉子砚，大姐叶纨纨得眉娘砚，二姐叶小纨得眉珠砚。

此“眉子”，并非指歙砚材中的眉子纹，而是闺房中用于画眉的砚台称谓。而叶小鸾这方眉子砚，正是一方上好的端石，长三寸，宽二寸，厚半寸余，面有犀纹，形状腰圆，砚池宛若一弯柳眉，故名眉子。小鸾很是欢喜，特意题诗曰:“天宝繁华事已陈，成都画手样能新。如今只学初三月，怕有诗人说小颦。素袖轻笼金鸭烟，明窗小几展吴笺。开奁一砚樱桃雨，润到清琴第几弦。”

想当年，叶小鸾素手纤纤，执着烟墨款款在眉子砚上轻轻磨着，然后，笔尖轻蘸墨，字字簪花，宣纸上便满纸流芳。

那一弯眉子砚便静静躺在她手边，如有灵气一般，懂得她少女心中似是而非、扑朔迷离的种种朦胧心事。

叶小鸾灵慧早熟，浓发覆额，体质修长，娟好如玉人。她 14 岁能弈棋，16 岁善弹琴，清泠可听。又擅绘画，摹山水、写花蝶，书法亦秀劲，可谓是全能型才女。仿佛是《红楼梦》中黛玉与湘云的化身。而她平日穿戴不喜浓艳，淡淡素妆，却更增秀丽清雅。

她文墨出众，但文字中总有一缕拂之不去的郁悒清愁，似乎预见了自己早夭的命运。

父母怜爱娇弱幼女，将她许配给昆山张维鲁长子立平为妻。本是一段好姻缘，却不料，夫家送来催妆礼的那日，小鸾发现礼品中有一支断了的玉簪，神色大变。就在这一天夜里，她忽然得了重病。张家想将婚礼提前，叶家同意了。小鸾卧病在床，叹息道：“如此甚速，如何来得及？”

她终究是等不到了。婚前五日，叶小鸾未嫁而卒，她当时还不到十七岁。当晚，小鸾吐血不止，倚在母亲怀中，星眸含泪，母亲连唤“小鸾、小鸾”，但小鸾已瞑目而逝了。

当夜，暴雨狂风，窗外梨花被吹进屋来，落在了眉子砚上。一砚梨花雨。

梨花瓣上点点水珠，似是滴滴清泪。那飘落的梨花也在怜惜小鸾的薄命吗？

当年历史的风起云涌已被岁月的烟尘渐渐湮没，只有那腕底波澜，笔下文字，仍流转于世，令后人怀想。

满纸云烟落书墨

我曾经写过一篇校园小说，给里面的一位女孩子取名叫书墨。我很喜欢这个名字，书墨，书墨，轻唤这两个字，仿佛见到了一位满浸书卷气的窈窕少女。

笔尖饱蘸浓墨，墨香氤氲在笔尖，散发出淡淡的香气，是一种古雅悠然的恬静。于是，纸上便渐渐浮现了，或是端庄秀丽的小楷，或是挥洒自如的行书，或是大开大合的狂草……

笔尖疾走，水墨在宣纸上晕开，墨汁淋漓，满纸云烟。

书墨中最著名的当属《兰亭集序》，也称《兰亭序》。晋代大书法家王羲之与友人以文会友，曲水流觞，大醉之后，随手拿起笔来，写下了这篇“天下第一行书”，笔意飞扬，真乃神笔。而他酒醒之后，再抓起笔蘸墨用心而写，却再也出不了那篇的神韵了。这妙手偶得的《兰亭序》，“从容娴和，气盛神凝”，便成了千古神品。

千年之后，周杰伦唱起了一首《兰亭序》：“兰亭临帖，行书如行云流水。月下门推，心细如你脚步碎……”那墨香久久不散，如爱情荡气回肠的滋味。

我特别喜欢簪花小楷，一笔一画，端秀隽永，似簪花的宫装女子，月下静立，眉目宛然。

簪花小楷传说是晋代书法家卫夫人所创，清灵婉约。晋人钟繇曾称颂卫夫人的书法：“碎玉壶之冰，烂瑶台之月，婉然若树，穆若清风。”唐代韦续则曰：“卫夫人书，如插花舞女，低昂芙蓉；又如美女登台，仙娥弄影；又若红莲映水，碧沼浮霞。”《红楼梦》中黛玉吟道：“毫端蕴秀临霜写，口齿噙香对月吟。”又是何等风雅之事。

我也喜行草，自己却写不来。或许行草更适合狂放不羁的男子，于月下小酌之后，乘着醉意，笔走龙蛇。而我温静的性子，更适合于一碗读书灯下，细细地写一些端秀灵动的文字。每个人的字，都浸润着个人的风骨，是学不来，亦是强求不来的。

写好一版小楷，心中欢喜，放下笔来，轻轻将之放在桌上，等着晾干。风吹过鬓旁的发丝，闻到淡淡的墨香，心中忽然觉得很宁静，很满足。仿佛雨天赏荷，雪日看竹，胸腹间皆是清朗之气。

想起台湾学者林文月的一首七言诗：“情怀只合自家知，说与旁人枉费辞。惆怅归来清漏水，自研残墨写新诗。”

夜深人静之时，便铺开一张宣纸，笔尖蘸满浓墨，静静地写着。

就与这书墨一同终老吧。但觉岁月温柔静好。

枕上诗书闲处好

据说枕头是曹操所创。因困倦至极，曹操枕着木匣而眠，贴心的书童便依兵书木匣的形状，用软物制作出了一种垫头用具呈给曹操，从此，枕头便出现了。

汉代就已流行用天然香草做枕芯的枕头。长沙马王堆汉墓曾出土一只香草枕头。枕头十分华丽精致，面料是用起绒锦、茱萸纹锦和彩绣三种料子拼成，而枕头里面填满了佩兰，也就是蕙草。蕙草是古代最重要的天然植物香料之一。

唐宋时流行“菊枕”，即用晒干的甘菊花做枕芯，倚着这样的枕头读书，嗅着淡淡的芬芳，心神安宁；枕着一囊甘菊花入睡，仿佛站在初秋的原野之中，连梦都是花香弥漫，自然更加神清气爽。

菊花也是一味中药，在古代还有用其他中药材如决明子、蚕沙等填充的枕头，有明目清热之效。这样在枕内放药以治病，叫作“药枕”。

李时珍的《本草纲目》中曾记载：“苦荞皮、黑豆皮、绿豆皮、决明子……作枕头，至老明目。”

皇帝用的枕头以金丝为面，上等软玉镶框，雍容华贵，乃称“玉枕”。除了“玉枕”，还有“水晶枕”等。

曹植一直爱慕嫂子甄氏。甄氏死后，曹丕把甄氏留下的玉镂金带枕交给曹植，曹植见到这精致的玉枕，便想起甄氏的一颦一笑，更是悲从中来。途经洛水之时，他枕着这玉镂金带枕入梦，在梦中见到甄氏自洛水之上凌波踏水而来，飘逸若仙。

醒来之后，曹植悲痛不已，挥笔写下了《洛神赋》。

富贵人家多以苏绸为面料，内置精选棉花从而做成枕头。这些枕头一般呈方形，是称“帛枕”或“方枕”。大家闺秀幼时在枕头上绣之以凤，待嫁时再绣鸳鸯，以楠木为框，称之为“楠枕”。

《西厢记》里，红娘抱着枕头送崔莺莺与张生，“鸳鸯枕，翡翠衾，羞答答不肯把头抬，弓鞋凤头窄，云鬓坠金钗。”

因为夏季酷热，瓷器工艺又发达，大约是隋朝时候，古人便发明了瓷枕。瓷枕的枕面是一层釉，有着玉一般的清冷，夏日枕于其上便觉清凉舒爽，梦中也觉凉快，如凉席一般。所谓“半窗千里月，一枕五更风”。

南宋女词人李清照有一首《醉花阴》，其中有句:“佳节又重阳，玉枕纱橱，半夜凉初透。”这里提到的玉枕就是青白釉瓷枕。

瓷枕可有各种造型。我曾在苏州博物馆见过一个憨态可掬的趴着的瓷娃娃，后来才知道，那是一种瓷枕。

李清照到了晚年，作下一首《摊破浣溪沙》，其中有“枕上诗书闲处好，门前风景雨来佳”。我极喜欢这两句，朴素自然而闲适，病中倚着枕头静看诗书，窗外正下小雨，却将风景濯洗得更加清新。

“惟书有色，艳于西子；惟文有华，秀于百卉。”一派娴静安宁。

花味渐浓，茶味渐醇。

倚着枕头，手持一捧书卷，沉醉书香，不知今夕是何年。

人读花间字句香

古人读书真是极具雅趣的事情，古代书香世家读书尤为讲究。所谓腹有诗书气自华，古人相信，那种清华温润的气质，都是书香熏出来的。

晋代陶渊明作《五柳先生传》以自况云：“好读书，不求甚解；每有会意，便欣然忘食。”陶渊明读书只求领悟书中之精义，并不着眼于细枝末节。每有所悟，便快乐得忘记了吃饭。布衣粗食，但有书相伴，陶渊明在精神上仍是贵族。

唐代白居易曾作《醉吟先生传》，这也是一篇意趣盎然的自传，他是在旅途之中，带上琴、酒、书：“往往乘兴，屦及邻，杖于乡，骑游都邑，肩舁适野。舁中置一琴一枕，陶、谢诗数卷，舁竿左右，悬双酒壶，寻水望山，率情便去，抱琴引酌，兴尽而返。”真是随时可读书，随地可读书，山光水色，心在书中。这样过了十年，“其间赋诗约千余首”。

唐代司空图著有《二十四诗品》，内有《典雅》一文，虽然是着眼于诗境，但也凸显了这种读书之趣："玉壶买春，赏雨茅屋。坐中佳士，左右修竹。白云初晴，幽鸟相逐。眠琴绿荫，上有飞瀑。落花无言，人淡如菊。书之岁华，其曰可读。"

品一壶美酒，在茅屋下坐着悠然赏雨，身畔是知心好友，屋外有青青修竹。不久雨过天晴，蓝天白云，鸟啼清脆，弹琴累了就睡在绿荫下，瀑布在旁。花瓣悄坠，轻软无声。人淡泊宁远，正如那清芬的菊花。让岁月蕴满芳华的书，就是可以反复多读的好书。"落花无言，人淡如菊"是一颗淡远宁静的心，一种清雅脱俗的气质，由内而外散发出来的芬芳。

唐代刘慎虚曾有诗一首："道由白云尽，春与青溪长。时有落花至，远闻流水香。闲门向山路，深柳读书堂。幽映每白日，清辉照衣裳。"那道路漫漫，似乎一直延伸到白云深处。正是春日，青青树叶映在溪水中，那溪水也是碧青，潺潺地流动着。不时有落花悄然飘落在溪水之上，远远地就能闻到清香。门开着，正向着山路，柳荫笼着正好读书的小屋。每日白天在那里读书，清澈的光影映照在衣服上。

花香草芳，白云清溪，在这样脱俗的环境下读书，怕是心也醉了。

宋代的叶采也有一首写读书的诗《暮春即事》："双双瓦雀行书案，点点杨花入砚池。闲坐小窗读《周易》，不知春去几多时。"在幽静之处读书，不是今昔何年，间或抬头，只见双双小雀、点点杨花，是最纯粹最惬意的读书时光吧。

我也是很喜欢范成大的一首《浣溪沙》："白玉堂前绿绮疏。烛残歌罢困相扶，问人春思肯浓无。梦里粉香浮枕簟，觉来烟月满琴书。个侬情分更何如。”

“梦里粉香浮枕簟，觉来烟月满琴书。”顿时让人觉得岁月无忧，只想沉醉于诗书，纯粹地享受阅读的快乐。

又如元代张弘范的《南乡子》:“深院日初长，万卷诗书一炷香。竹掩茅斋人不到，清凉。茶罢西轩读老庄。”茅斋竹林，于深深庭院，清茶一杯，有万卷诗书可供选择，挑老庄之书而观，任神思逍遥而游。真是令读书人神往不已。

明代学者吴从先读书则是特别讲究氛围和意韵:“斋欲深、槛欲曲、树欲疏、萝薜欲青垂。几席、栏杆、窗窦欲净澈如秋水。榻上欲有烟云气。墨池、笔床欲时泛花香。读书得此护持，万卷尽生欢喜。嫏嬛仙洞，不足羡矣!”

清代李渔的一首诗《伊山别业成寄同社五首其三》，写的也是读书之趣:“南轩向暖北轩凉，宜夏宜冬此一方。 栽遍竹梅风冷淡，浇肥蔬蕨饭家常。窗临水曲琴书润，人读花间字句香。诗债十年酬未始，拟从今日备奚囊。”李渔这首诗浅显易懂，“窗临水曲琴书润，人读花间字句香”这一句却是雅美极了，念着都觉得齿颊生香。

是南北通透的建筑，因此冬暖夏凉，所谓“宜夏宜冬”。而园子里遍栽竹子和梅花，风吹过来，都有了清冷恬淡的意味。平日里没事便给园子里的蔬菜施肥浇水，做成家常菜。在窗边弹着古琴，有流水潺潺之声，浸润得琴声更加动听。手捧书卷在花丛中读书，字字句句，都仿佛有芬芳缭绕。想着已经欠了十年的诗债了，那么就从今天开始偿还吧。

最后一句，却是欣然欢喜的口气。在这么一个小天地里，挥洒一些自己所喜的文字，读一些自己所爱的书，怎么想都是幸福至极的事情了。

吴从先所撰的清言集《小窗自纪》中曾说：“万事皆易满足，惟读书终身无尽。人何不以不知足一念加之书？”

这样临风捧卷，对月吟诗，肝胆皆冰雪，完全沉浸于书中，享受读书的愉悦时光，能让人在喧嚣尘世的纷繁复杂之中保持内心一处月明风清的沉静之地。

浮生愿向书丛老，安心做一个乐享读书雅趣、心灵自由惬意的读书人。